金堀則夫詩集

Kanahori Norio

JN176685

新・日本現代詩文庫
121
土曜美術社出版販売

新・日本現代詩文庫　121　金堀則夫詩集　目次

詩篇

詩集『石の宴』(一九七九年)抄
石の声 ・8
石の滝 ・8
石の波 ・9
化石 ・10
鳴石 ・11
石の空 ・11
曳航の磐船 ・12
砂の宴 ・14
石の水 ・15
水の宴 ・16
焦燥 ・16
宴・その絵柄 ・17
宴・自虐 ・18
雁塚 ・18
影見池 ・19
妖精のはな ・20
旗掛松 ・21

詩集『想空』(一九八七年)抄
無の華 ・23
空の壺 ・23
欝わ ・25
無性 ・26
真土 ・27
空像 ・28
壺 ・29
土の空観 ・30
石笛 ・31
砂笛 ・32
石 ・33
執念 ・34
乳母谷《おちごだに》 ・36

母石　・37
時代の塔　・38
水の墓石　・39
壺の城　・40
水塚　・40
水の窓　・41

詩集『**ひ・ひの鉢かづき姫**――女子少年院哀歌』（一九九六年）抄

鉢かづき　・43
ひ　・44
ひの鳥　・45
少女A　・46
ほうじさし　・47
きずな　・48
俘囚《ふしゅう》　・49
餓鬼　・50
蝸牛　・51
窓　・52
水縛Ⅰ　・54
水縛Ⅱ　・55
獄　・56
単独室　・57
顔　・58
手拭い　・59
視察　・60
管理棟　・61
ざんげ　・62
アンパン　・63
空耳　・64
はりつけ　・66
舞　・67
雨　・68
調書　・68

虚構　・70

詩集『かななのほいさ』（二〇〇三年）抄

豊葦原　・71
星《ほっ》さん　・72
すず　・74
鉄穴《かなな》　・75
制裁　・76
哮《たける》が峰《みね》　・77
眼界　・79
呰　・80
姓は血でなく……　・81
かな掘り　・82
空堀《からほり》　・83
嘉字《よきじ》　・85
嬰児山《みどりごやま》　・86
私市《きさいち》　・87
郷蔵　・88
渋り谷　・89
赤井　・90
閘門《こうもん》　・91
水位　・92
氷《ひ》室《むろ》　・93
三戸《さんし》　・94
水神　・95
さみず　・97
照涌《てるわき》　・98
葉脈　・99
風解　・100
遠見　・101
　あとがき　・102

詩集『神出来《かんでら》』（二〇〇九年）抄

星鉄　・103
鐘鋳《かねい》谷《だん》　・104

鍛冶が坂　・106
金漿《かね》つけ　・107
山師　・108
間歩《まぶ》　・109
背　・111
金谷　・112
石船山　・113
天降《あまくだ》る　・114
星　・115
宗円ころり　・117
夜刀神《やとのかみ》　・118
脱皮　・119
登龍之瀧　・120
地下下《じげげ》　・121
泣き石　・123
瓢簞《ひょうたん》　・124
生駒《いこま》　・125
草塔　・126
もののふ　・128
幸　・129
水が……　・130
川尻池　・131
乾　・133
敬虔　・134
乾田　・135

詩集『**畦放《あはなち》**』（二〇一三年）全篇

鉄則　・137
私部《きさべ》の鐵《てつ》　・138
登美　・139
時の砂　・140
甲冑　・142
ゆ　・143
ひの火　・144

ひの子　・145
ひのみこと　・147
奈良井　・148
馬　・149
さびらき　・150
土　・151
のう作業　・153
土壌　・154
畦放《あはなち》　・155
頻蒔《しきまき》　・157
水呑み　・158
み　・159
勿入淵《ないりそのふち》　・161
一口《いもあらい》　・162
一口《いもあらい》　その二　・163
首なし地蔵　・164
間道《かんどう》　・166
土の啓示　・167
うつわ　・169
星　・170
道のり　・171

エッセイ

地域からの発信―大阪・交野《かたの》
フィールドワークを詩的に追求する詩との発見　・174

解説

小野十三郎　詩集『石の宴』跋文　・182
倉橋健一　地上の星座―『想空』によせて　・183
杉山平一　詩集『ひ・ひの鉢かづき姫
―女子少年院哀歌』を読んで　・188
岡本勝人　物質的想像力を喚起する
―詩集『畦放《あはなち》』　・191

年譜　・198

詩篇

詩集『**石の宴**』（一九七九年）抄

石の声

そらとかわ。
なわをなって
かわなみをつくる。

なみの
うねりは
しめつける。
ぬけだすことも
とびだすことも
できない、
しぼりおちた声。
いちめんに
底へと
ひろがっていく。

すぎさる日日。
しぼりおちた声。
かたまる石。
石なみは
みずのながれに
号泣している。

石の滝

せせらぎは
ながれを喰い
みずを飲んで
青空をみたす。

岩があって
岩がさえぎって
ながれは
ぶちあたる。
みずしぶきは
たま石のように
岩間からおちていく。

かわが
たま石の
しぶきをあげる。
一瞬。
この古里は
みずのなかに
小石をかくしている。

石の波

村里に続いているこの川は、石ころがいっぱいだった。岩場を登りつめると、そこには池があった。池には白波が一面にたっていた。

白波に問うておくれ。袴の腰をひき裂き、篝火の炭でうたをかいた女は、男に届けてほしいと鵜飼する男に手渡し、池に飛び込んだ。

都の男は、女に何の息を吹き込んだ。息を孕んだ女は、池水となって、声にもならない篝火のうたを、待ち焦がれているうたを、岸のはてまで届かせている。白波に問うておくれと、池水は波立ち、遠方の男に届けている。村里へ流れゆく沫は、石ころになり、ひき裂くだけ裂いた布切れのうたは、うたいきれない怨念をかきならし、石ころの川になった。布切れの川にもなった。

化石

礫は
川のなかで床をつくっている。
綱で縛ったぼっきした岩を　川につけ
雨乞いをうたいあげる。
何億かの増殖の力。
空とつながって　雨をむかえる。
チャートの丸みは　雨の化石。
流れは　とてつもなく続いて

化石は　一面にしかれている。
空と水が
ぼくの触れる　お前との
緊張の瞬間。
吐き出す何億かの増殖が
化石となって　ひろがっていく。
水のほうようは
丸みを帯び　安らかに小石は
川底に浸っている。
空と水とがうたいあげる
化石のひろがり。
縛っていた岩は　どこかへ消えさり
雨乞いを忘れ　ぼっきは　ひたすらに
とりのぞけない床をしき
水のほうようを
うけている。

鳴石

大岩を叩く。
とび散る音。

音は砕け
さざれ石となって
口をひらく。

あわす手。
谷あいの
せせらぎ。

答える石の口。
男岩と
女岩が
呼びあう。

そこから
ひとつ
ふたつ
手向ける石が
そだち
わたしの
磐座《いわくら》が
できる。

石の空

やまふもと
石をおしあげるぼくの日々。

あげれば
なおおもみが迫ってくる。
いただきにむかう傾斜。
おもみは
両手に加わり
ささえる力は　たえられず
谷底へ　大きなかんぼつの
穴をつくる。
この両手。
ささえる石のころがる
速さ。
ほうむる底へと
うまっていく。

もちあげるのだ。
そらへ。
ぼくの石を
運びあげるのだ。
ころがる
このみち。
ぼくのおもみなのだ。
そのおもみが
そらと
石。
底と
そら。
そこに
ぼくの
石があるのだ。

曳航の磐船

谷あいから

きこえる。
どこからか
通りすぎた音。
遠い記憶のなかから
未来をひっぱって
波しぶきをあげる。

つながれた船。
波しぶきは
冷却し
川床の石となって
ながれている。
船は
通りすぎてしまった
ぬけがらの化石。
へさきは
空にむかっている。

天上の船よ。
へさきは
かつてのねがい。
出航を待ちかまえている。
しばりつけているおれたちは
岩からときはなし
流れにひきこむ。
出航の合図だ。

おれをささえ
おれをうけいれた
岩と石が
波しぶきをあげる。
そのいきおい。
谷あいは
火の川となる。

砂の宴

石もない
乾いた砂浜。
ぼくたちのしめっぽい唇がある。
砂浜は
あわす唇の隠れ場であった。
ふたりのわきだす水は
砂で消しとってくれた。
求め合い
抱き合う　わずかな水分が
砂留めのとりでとして
砂のかこいが保たれていた。
激しい水の流れは　すべてを破壊していく。
石のかこいは　ゆるされない。

かこいの憩いは　求められない。
砂浜のとりでで
奪い合った　お前の唇を
海へたどりつかせようとするが
波立ちにおしもどされ
うちあげられた乾きのなかで
唇をふるわせ　水脈のうたをうたい続ける。
海の眼差しが
怒りとなって　砂をまき散らし
砂浜に隠れたかこいは砕けていく。
乾きが
また水を求め　砂の城をつくろうと
抱き合い　求め合うふたり
ひそかに
うたいつづける。

石の水

雨あしが岩にあたって
白くとびはねている。
とびつくところもない空にむかって
とびはねている。

おちるすべてが
すなおに降りそそぎ
岩にあたって
はねあがる。
おれのもがき。
手足のはねあがる
いきおい。
鑿となって
岩をほりあげる。

石仏の
顔かたち。
みずと岩がとけあい
うきあがる。

目から
口から
手から
みずがしたたり
わきあがる。
吸いこんだ雨。
おまえのうたを
おまえのことばを
まろやかに流れおちて
川へと流れていく。

水の宴

岩まから
みずは走っている。
かわきのはやさを消そうと
はげしく　みずは走っている。
かわく不安。
それが　あわただしく
みずをながし　かわをつくる。
かわは
なみだち
かわきが深さを
うめつくす。

おまえを
あわす手のひら。
にぎりしめる
ゆびのあいだから
みずをつかみそこね
ながれをみおくる。
にぎった手は
ふたりのほうようで
いやされていく。

焦燥

なみは
おだやかになろうと
あせっている。
そのあせりのなかに
なにかが

うつる。
空とを
わかつ
するどい線。
なみだつ
みずいろが
その一本の線を
かくしている。

宴・その絵柄

みずがはじけて縞をつくっている。
縞は鋭い目となって
のぞいている。
からだは　目だらけになって
そこにつったっている。

もえつきないまま
みずあびをしたからだ。
水気をひいていく　そのはやさ。
おそろしいほど
縞をつくっていく。

おまえは
髪をなおし
身じたくをはやめ
なにごともないように
タオルでふきとっていく。
ふきとれない　かわききらない模様を
衣裳につつんで　街へ飛び出す。

人ごみのなかで
かわききらなかった

縞の目が　ふきとられていく。

宴・自虐

顔が
手のひらに映る。
洗面所にかけより
蛇口をひねる。
とりかえしのつかない
たちきれないつながりが
また　この手で握ろうとしているのだ。

さし出した手が
水を浴びるほど
水面がはって　ぬぐいきれない。
顔は　洗えば　洗うほど
醜く映りだしてくる。

きょうも話し合ってきた。
あの時の顔が　手のひらに焼きついている。
焼きついた顔が
はいり込むだけ
吐き出す　ダッシュのなかで
隠し込まれたまま
いつのまにか
洗われていく。

雁塚

矢は鋭く
おまえのからだをねらった。
うちおとされたからだにすがり

矢を抜いてやった。
おまえのからだが捨てきれず
おれは
いつのまにか　おまえの首をひきちぎっていた。
羽交《はがい》に首を抱きかかえ
川筋をたどり　水草の茂る深野池《ふこの》へと
さまよいつづけた。
血のりは腐敗し　悪臭は払いとれない
耐えられない嘔吐。
葬らねばならない　おれたち。
矢よ。
いまひとたび射てくれ。
おれのからだをつきさしてくれ。
的《まと》は　いまここにある。
気合いのこもった矢よ。
ぐさりとつきさしてくれ。
矢は　おれのからだをつきさす。

羽交に首を抱いたおれは
いつのまにか空にそびえる
石塔になっていた。

影見池

たか匠の手から
飛びぬけた　ぼくは
池を奪う。
羽は透明な青さに
大気を感じ、
この宙に、
からだの浮力が
ぼくの奪ったものを
包んでいく。

たか匠の視界は
野は交野とうたいあげた
狩り場のたかとサクラ。
交野のひとみに映し出す
旋回していくひろまりは
池と空とでかたちづくる。
ひとみの池水は
羽ばたきまわる吐息に
影を映す。
小枝に
とどまった　ひと息が
たか匠の
手のなかで
影を映す。
池面の影が　影を射り
ぼくらのからだは
水の影へと
消えていく。

妖精のはな

わたしの喰った
両手いっぱいのひろさ。
えだとなり
はっぱとなって
つっ立っている。
空《くう》をしった　えださき。
ぱっとあかるい春をもとめ
わたしの手足は
木にのりうつる。
はいのぼる
くりかえしの

とりのぞけない
からだ。
はっぱは　刃となって
からだは　きりさかれ
血のしたたりは
土にしみこみ
わたしをはぐくむ。

あらゆる手がのび。
はっぱを吐き出す。
きりさかれた内臓。
傷ついた五弁花。
もえあがり
落花する。

はいのぼった
くりかえしの
日々のあかし。
はっぱのあいだからのぞかせ
声にならない　まっ赤な
ざわめきがのこる。

旗掛松

朝のけはいは
新宮山から　村をめざさす。
山門に三粒入れたほうらくが置いてある。
東向きの八幡宮　男山と結びついている。
結びつく力は　一望する村をめざめさせ
いちだんと聳える松は　村の領地を形作る。
視界から隠れた　ほうらくづくりの小さな里は
方角に入らないため
通い続けたかいもなく

消えてしまった。
ほうらくは　村人たちの豆いりに使われ
忘れられてしまった。

みつめ合うことが生きることなのか。
一望する村の領地に朝があける。
高さにあこがれ　ぼくは山に登った。
空は高さにさらけ出され
ぼくの住む位置は　視界からねむっている。
ここからは何もみつめるものがない。
めまいとともに　方角は吹きとばされ
足もとがぐらつく。

新宮山は
まだひるがえる旗をもっている。
いまもなおぶきみな高さに松が聳える。
みつめあう位置をたしかめ
高さがめざめている。
方角が息づいている。
そこに立つぼくの高さは
吹きすさぶ風に
深い淵へとまっさかさまにふりおとされていく。
はためく風。
松のそばにある山門に
朝を待つほうらくが
きょうも置いてある。

詩集『想空』（一九八七年）抄

無の華

壺の
空をのんだら
空があいてしまった
こんなとほうもない
時間のぬけがらが
眼前に置かれている
のこされた
わたしののんだ空が
いまある空で割らねばならない
空ぶんの空が
無でなく　イチから
位置へとスタートする

二が生じ　三が生じ　みえてくる
ひとつ　ひとつ
ぬきとっていく
空の空に入り込んでいく
うつわの中
空の入っていけない
くらやみの
かたまりが
つまっている
のんだ胃袋と
壺の中で
住みついている

空の壺

はいるもの

すべて吸いとり
壺のなかに消えていく
ひかりのはいり込んだだけ
かこいがまるく
しっかりと大気をとり込んでいる
片手をそっと入れてみると
さぐり求める指先に
なぜか　ぼくとちがったものが
ふれている
とびだしてくるのは
ヘビじゃない
蛇じゃない
このぼくなのに
忘れちまったのか
おまえをねりあげ　やきあげた　この手を
おまえに言ったろ
ひとさんにはヘビになっても

このぼくには　ぼくのツボになるんだと
だれが
くらやみのなかをぬきとって
ヘビを入れたんだ

さぐる手
ふれるものは　ただつかみきれない
あかるさのやみ
右手が　左手が　両足が
壺の口に入っていく
ヘビじゃない
蛇じゃない
このぼくなんだと
消えていくぼくを
ひっぱり出している

罅わ

目に花が咲いた
古い土層からぬき出た
壺
まるい上っ面に　ひかりを浴びている
うえからのぞくと　くらいカラの目がひらいて
じっと時を　ことばをさがしている
見えないんです　話せないんです
たった　これだけの　ものの
なかに
目だけが　くらいんです
口だけが　暗いんです
これ以上　ひとみが
ひかりをみつめても

大きな口をひらいても
見えないんです　話せないんです
ぼくは　いつしか　幼いときから
胎土を練り上げていた　たたきつけてきた　おさ
　えてきた
粒子が吐き出して　気泡がぬけてきた　土のかた
　まり
つみあげては　わが　わが　わが　わが　と
つんで
つみあげ
つみ　深め
つくった芯　壺の芯
くらいんです　どこまでも見えないんです
芯は　ふくらんで　ぬけきれないんです
ぼくの壺
腰をすえて　入っているのか　入っていないのか
ただ耐えきれず　いびつに胴がふくらみ

とび出す液体が　炎に焼かれ　無限へ落下してい
く
遠い底
おとせば　ガチャンとさけんで　ガラガラとひろ
がって
カラカラとつぐなえないで
もろさの中へとくだけちる
ぼくは
じっと目をとじて　ことばもなく　目の花をつん
で
壺の芯にめざめていく

無性

土が
なにもない
空を囲むと
そこには深い穴ができてくる
あってない
こころの
ろと
ろくろにまわして
穴をこねまわす
かなしみの
たのしみの
たねが発芽するように
あなたの乳房を
からだに抱きこんで
わたしの骨と内臓で
がっちりと　とりおさえていた
あるものが　ないものに
ないものが　あるものに
土の性と

わたしの性が
たねを
かけたり　わったり
たしたり　ひいたり
の
マイコン遊び
無に等しくなっていく
土との恋物語
あらわれた　たねが
無に叫んでみたとて
空を囲む
穴の深さは
二乗になっていく

真土

からだにふくまれる
あらゆる水分がもえるとき
炎が壺となってかたちづくる
もえあがると
土が空を囲む
底は
無の世界がひろがり
くらやみに　なにも見えない
ただ　じっと抱きかかえる
ぼくに
あらゆるものが入り込んで
見る目のない
あかりのない

空が
こわす手にささえられている
ぶち破る
奥底
空の音
そのとき
外へひろがり
風もおこる
空も青ざめる
そのさかいめに
ぼくのかたちの
曲線が
受け入れる壺となって
外にあらわれる
さわれば
おそらく生の肌触りが
ふるえるだろう

空像

手のひだを
あわせ　ねじっていく
はげしくねじっていく
そこから火がおこり　強さがわいてくる
火がひねられ
粘土に　生きるねがいがからまっていく
まるく　まるく積みあがっていく
おまえのつくりあげる高さまで
ぐるぐるまわしていく
できた空洞
火がたかれ
満たすことを
火が強いるのだ

どんどん燃やし
ぼくは陶酔の炎になって
突っ立ってしまう
ひきずってきたものが
あるなんって
ふりかえっても
ぼくのうしろというところもあって
しゃべりかけるあとかたもない
ぼくの前にある
うつわ
ぼくにとって　水であり　石であり
山であり　海である
見えるもの　とらえるもの
どこまで燃えきっていくのか
火炎の壺がうまれ
ぼくの部屋もろとも
なげ捨てられていく

壺

そっと
両手のひらでもっている
今
右手に力を入れると
左手がくずれ
ささえる呼吸は
自分を殺す
いびつになるのは　壺のかたちではなく
力を入れるわたしにあるのだ
ささえている手のひら
ふれているのか　いないのか
そこのところで　じっとしている
かすかにふれる紋様

めざめる底
生霊のある時代の骨
古代の時代がかたちづくる
手のひら
これは
息を殺さねばならない
素手でさわっちゃならない
秘められたものがあるにちがいない
かぎりない土のかたち
天地の化生が
今　もっている両手からおちていく
おちていく底を自分のからだでうけとめている
もうひとつの壺
わたしのからだでつくられている
血と肉が　バラバラの骨となって
底へとおちていく
これが古代の土から
掘り出されたものなら
わたしは　わたしのなかから
掘り起こしてきた時間のめざめを
わたしの足でささえねばならない

土の空観

つぼの口造りを
両手で握りしめ
うえから語りかけると
奥に　ぼくが住んでいる
のぞいても　探っても
溢れ出てくるのは
ぼくの排泄物
かたちづくる
つぼの

空洞は
満杯の
壁
うつろのふくらみに
ぼくの口が
話しかける
受け入れられない言葉が
無の話となって　もりあがってくる
輪づみの胴をかかげると
これが　ぼくのツボ
かざしていると
空へ飛んでしまいそうなので
あわてて　逆さに伏せ
ボツにする
土の中にめり込んで
密封の墳墓ができる
あちらにも
こちらにも
もりあがる土もりが
息のできないまま
土遊びの口を
無限に
ひろげている

石笛

唇をあて
くぼみに　今の息を吐く
空の音
あまのいわぶえ
聖なる石
いちだん深い
縄文の

聖なる場
ふたりの心ゆるがす
鋭いひびき
ゆるされない
こわさが　かたまっている
手のひらにある
音色の化石
ぼくの呼吸が
吹きかけた　あれ以来
きょうは　これでいいのか
あしたは　どうだ
石の口　指の孔
音をつくる　ぼくの喉
欲望が　土の海に吸い込まれていく
息苦しさは　深い底へと沈んでいく
あまのいわぶえの
聖と

生の音色が　遠いへだたりをつくり
くぼみのある石に吸い込まれていく
縄文の土層
あなたが　今　ここにあらわれ
交わる性が　どこまで続くのか
鋭いひびきと　言い伝える
あまのいわぶえ
音も出せないで
手のひらに捨てていく

砂笛

すくう
かわいた砂
手のひらからさらさらと
吸い込んでいく

底の深さ
たどりつく海底の仙界が
吸い込んだ分だけ契りとなって
響いてくる
このながれる手の砂
わたしにかこっているうつわなのだ
わきあがる水の
いきおいがうみ出せない
うみがわたしのからだにあるのだ
砂の海鳴りが
やわらかい女のからだとなって
腰から臀部と
砂丘がくねる
さらさらにかわいてくる
お前が　どうしてあの粘土のねりあがる
粘土質のしめりを
激しい燃えあがる炎に

焼きあがる壺のかたちが
つくれないのか
うみと海と産みが
うみのない泣き声となって
ひろがっていく
砂丘のわが身
垂直に吸い込まれていく
さらさらと
手のひらから

石

はくことも
のみこむことも
息づかいもできない
口

あいたまま　崖にひっかかっている
あたまをささえる左手のひじ
手のひらを　ひたいにあて
口は
一の腕にひっかかっている
のっぺらぼうの顔
口だけが　むしょうにあいている
これが　石という字なのだ
口は
拾われるか
捨てられるか
その瞬間の空間を
じっとうかがい　ぼうぜんとしている
とじてしまえばいいのだ
ひらいていなければならない
空也の口でもあるまい
みほとけをはきだすこともできない

からだ
歯をくいしばってしまえば
その身　それでのみこめる
左手のひじをたて
ひたいからわきでる口はひらく
息づかいはつらく
おもいにふける姿勢は疲れてくる
口などあけなくても
姿勢をとらなくても
いいのだ
おまえの文字は　いつも
そのままになっている

執念

山へ登った

その高さから降りて
古代の治めた力につまずき
深い落し穴にはまり込んでしまう
雑木林の山道で
小石をつかんで立ち上がろうと
これが　あの子で
あれが　あの子だとつぶやく

子どもをしめ殺してきたぼくが
生きかえるわけもないよな
道ばたの石仏よ
おまえは　さらされていていいのだ
隠れなくても　踏みつぶされなくてもいい
そこに　ぼくが突っ立って影を落としてやる
影が重なりあったところで
木かげに突っ立っている
あのかなしげな顔が
この村に重々しくのしかかっていく
ただそこに突っ立って聞こえてくる
子どもの泣き声が
のり移り
石仏になるよな
この落し穴は
うまずめの
抱き抱える　あの山の
なだらかな肌を撫でながら
小石をなげ捨てていくぼくが
治める力になるのだ
あの山の高さが
あるかぎり

乳母谷《おちごだに》

やまが
波打ってくる
谷間にひとりたたずむ
ぼくの頭に　おおいかぶさってくる
すさまじい大波は　山並みの緑が濃いほど
強く打ち寄せてくる
木々は　小波になって
葉っぱが飛んでくる
するどい刃となって　切り裂いてくる
死の臭いが　ただよい　真っ青にあらわれ
嬰児山《みどりごやま》の赤子になれなかった泣き声が
風となってぶちあたってくる
ぼくの命が
ふき込めなかったおもいが
ただお前には　とどいていなかった
あの瞬間
崖に　はいのぼることのできないぼくの迷いは
荒れ狂う海から逃れることのできないまま
手足をばたつかせていた
おしつぶす　山並み
古里は　孕むことのゆるされない海だった
ぼくをおぼれさせていくのだ
産むことの父なる精は　命のおもいを波に沈める
母なる海よ
おぼれゆくぼくは
山肌に晒され
このサン道に立ちつくす

母石

山を切り裂いたら
赤い母の石ころが
飛び出してくる
刃の
するどさが
ぼくのふりかざした力だけ
ふきだしてくる
山にのぼった
母のぼうれいと
あいたくなって
夜のあかりを消したら
待ち焦がれる
ぶんだけ

切り通しが　ふかくなり
のぼりきれない
みぞにはまっていく
山も　岩も　石も
どんなに
ぼくの手足を　首をもぎとっても
血の川も　飛び出す赤い石も
ぼくのからだに
流れる水は　空へむかって
おちていく
それ以上　うそっぱちの
たとえきれない
母のぼうれいが
山の海の大波となって
かくれている

時代の塔

屍が
晒されている
つかもうとしても　つかみきれない
砂
石のくだけたものか　水のかわききったものか
川原にひろがっている
ほり起こした　手が
砂の深さの時代をつかまねばならない
生きてきた無限のいのちが
つかんでも　つかみきれないで
くずれていく
すくいあげた砂をにぎりしめる
手のひら

できあがる砂の塔
ほり起こした深さだけ
はやくうずもれていこうと
あたりの空気を狂わせ
微粒子がするどく屈折していく
石のくだけたものなのか
水の屍なのか
ぽっかりとあいた深さ
どこまでも
うずもれていく
砂は
底なしに深まっていく塔をもっている
手にしたところで
お前の手でどうなることもあるまい
おもわず払いおとす　手と手が
時代を欠落させていく

水の墓石

からだ中
摑まえどころのない水が流れ
石を洗っている
石は水に浄められ　ひしめきあって
ぼくの床をつくる

谷間に微睡む　木々や岩たちの精霊
よこたわるぼくのからだを
枯山水の庭にはめ込んでいく

岩肌に
流れ落ちる水面を刻み
さざなみは　時を固め　石の波となっていく

渓谷から迫ってくる水音
涸れ涸れしく小石を投げ出し
干上がるぼくを
かわいたかわだけに晒していく
水を欲しがる姿
蛇行となって　静けさに抑える
ぼくの川
はめられた庭石がころがっている
からだの小石を拾いあげ
三度まわして仏と見る
骨揚げ
石拾う手に
水は二度と還ってこない
川にひろがる限りない　砕けた骨
求める水を固めている

壺の城

土砂の
ながれの水は
あせっている
ぼくのからだは
どこまでいらだっていくのか
とどまることのない
ところまでかえっていく
浄化の時間
腐敗しておちていく
水のささえる
力のバランス
たえられなかったのか
いまさらのように崩れだしていくのだ

ながれていくぼくのからだ
あふれだしていく土砂の中
とりでになる土があるのだ
ねりあがる土が　空をつくり
水を透かしていく　浄化があるのだ
土をねりこんでいくからだ
土の中に　水が崩れていく

水塚

ぼくだと
さけんでみたところで
つながってきた水には
大きなミスが懐胎している
いくら
生きる喜びを感謝しろといわれても

ぼくの念仏には
わがままな願いだけだ
だから
気ままに遁走してきた
こうなのだと
いうだけで
ぼくの結果はみえてしまっている
ぼくの時間が
どこかで
破壊しなければ
その命が
おびえる水のながれの
川になって
「生まれて　すみません」
と
ここまで
ひっぱってきた

だから
どこまでも
あま乞いが
ぼくのさけびなんだ
　雨たんぼ　じょおいの
　雨たんぼ　じょおいの
水の精が
ぼくのからだから
塚となる水底を
つくる

水の窓

水に
片手をさし入れ
いきおいよくまわせば

きわめる水のかたち
うずまくかたち
水のツボ
ひかりのとどかない底から
不安が浮きあがり
あがる頂点に　開示の口
マイナス七〇〇度
冷却は
爆発か
沈黙か
潜んでいた　魂
ぐるぐるまわる
水の妄想
かたちのある
すきとおる
口の　胴の　底の
すべてが壊れる

人間の手に
さわれない
水をまわす
きわみが
ツボ

詩集『**ひ・ひの鉢かづき姫**―女子少年院哀歌』
（一九九六年）抄

鉢かづき

土をほる
あたしの抱く
おおきな　底となって
ほり出した穴が
すっぽりと逆さにおおいかぶさってくる
あたまが　おもいのか　かるいのか
突っ込んでいる土の中
両手でささえ　おもいきり力んでも
まがぬけて
まぬけのあたまが　ぬけないで
どっとおおいかぶさってくる
ふっても　たたいても　すぼめても
ぬけない　あたまのかたさが　土を固め
がんじがらめにしばっていく
目と　鼻と……　口を見開いて
のがれようとすれば
おもみが加わり
そこから　はじまる
あたしのものがたり
はげしくもがけば　もがくほど
これでもか　これでもか
土と砂が　口から　鼻から
どっと　はい込んでくる
言いたければ　言いたいだけおし込んでくる

砂を噛め　土を呑め
ふかまる　落し穴
あたしの息づかい

逆さのおもみが
手足をばたつかせ
土の中から　逆さになって
空を歩ませる

ひ

ひは
ひとつのくぼみからできている
ひはひのままで
水につければ　浮いてしまう
かるいものなのだ
おさないころの純粋は
もう　はじめの一になるように
ひっぱることもできない
むすぶこともできない

ひなのだ

ひの口を両手でおさえると
ぼこぼこと沈んでいく
あたしのおちる音
ひの口から入っていく　水は
そのまま底へと
沈んでいく

ひの呑み込んだ水は
まわりの水にまじることなく
ひに満たされ　どっぷりとあたしを
沈めている

ひの壺をこわす
かたい石をなげつける
おまえの石は

ひから抜けきれない
どっぷりとした水が邪魔している
さらさらした水の流れに
あたしはひを逆さに
鉢かづき
交野から出ていく
ひなのだ

ひの鳥

はねが
非であるのか
羽であるのかで
ちがってくる
あたしは　十代の非で
とんでいる

飛行でなく
非行なのだ
はねが
舞いあがるかたちが
左右にひろがって
どこにはねをのばすか
わからない
非は
なにもかもが
ダメダメの縛りつけ
難くせのなかで
鳥がいて　巣くっている
バタバタと
ひのつく女の尻に
もえだしてくる
はねのむきが
少しかわっただけで

羽にならない
非になって
もだえてる
飛になる鳥は
同じはねのむき
あたしは　ひとつ
むきがちがう
背中合わせ
飛べない
ひのつく鳥なのさ

少女A

少女のひ
非行のひしめき
はねのばす

背を向け　飛び出す
ひわいな
ひ型の
ひみつの壺
ひにあおられ
右　ひだり
おとこのひとかい
ふくろのひ
まんぱい　まんまん
ひにつまる
非
否
避妊の
ひあそび
ひあぶり
どこにある
のがれる　秘めごと

姫十三
わかけりゃ
わかい
緋文字
非売品
むねのひ
あそこのひ
ひあがることもなく
ひとだまり
きょうも
どこの街にいるのやら
ひとさがし

ほうじさし

村人が
わが領土の
山さかいに　青竹を
1月11日に　さして　たしかめる
ほうじさし。
あたしの縄張りは
派手に飾ったホテルの一室。
居場所を　確保するため
うち続ける　注射の針
1日1日が
山のさかいに突っ立っている。
罪におちいるのか
おちいらないのか
身を横たえる　ベッドの中
男も　女も　入れない
あたしの縄張り
1本1本の針を
刺し込んでいる。

くすりの
いただきに立ち尽くす　あたしは
どこにいけばよい
どこに横たえるところがある
きょうも　稼がねばならない
喰うことも　眠ることもできない
あたしの山さかい
腕にさす針が
あたしのからだの領域
あたしを囲んでいる。
男のためでもない
金のためでもない
針のさされている
この腕に
あたしの生きる
縄張りがあるのだ。

きずな

家から
親から　離れていく
遠ざかる　緊張と不安
張り切る　ゴムの強さが　切れる瞬間と
ひき戻る瞬間がある
勢いよく　飛び出た
しっぺ返しは　痛さと悔いがある
何もかも　離れたくて　戻る力を失った
探しだした居場所の　ゴム少女
伸び切って　落ちてしまった
ひっぱる手が　足が　からだが
断ち切れて
ひき戻らない

悔いることも
安らぎもない
何のはずみもない
伸び切った下着を脱ぎ
机上に並べられた衣類を見ながら
「みんな着替えるんですか」
「あたしのものはどうするんですか」
与えられた下着を身に付ける
縛られた　この弾力　伸び切ると
跳ね返る　強いゴムになっている
これが
あたしのからだを
女に嵌め込むのか
ゴムのきいた
嵌め込みが身を引き締める
ワッパだ。

俘囚《ふしゅう》

あたしの上に
また　あたしがあって
だれも入ってこられないように
あたしを守っている
おとなたちのいう予感が
そのとおり
あたしに注文を取らせた
シンナーですか　覚醒剤ですか　売春ですか
少女というオンナに似合っている
注文が
あなたたちの喜びそうな注文だったのです
金に縛り　愛に酔わせ
お支払いするのが

ハイ！　点呼！
番号
と
入り込んだ注文者がいっぱい
群がりながら
大きな鏡に映し出されている
少年院送致の
長期処遇
一、二年ですか
焼こうが　煮ようが
あたしの身柄は
どんな注文取りでも
許せない　帰せない
あなたたちの注文だ
新たな注文は
あたしを
買い取る
そして　囚人の　とりこが
値札をつけて
あたしの上で　あたしを守っている
ハイ！　番号
一、二、三……
と

餓鬼

めが
みみが　性器が
とび出していく
ついでにあたしもついていくと
そこに　罪の空洞が
とぐろを巻いて
壺をつくる

急に燃えだし
火の玉があがる
ぼうれいが
すきっぱらをかかえて
むさぼる
女の壺をいっぱいに
満たそうとする
なにもいわなくていい
シンナーを吸っておれば
時間も　からだもいらない
さまよい続ける
鬼火が
嫌がらせをしている
そこのけ　そこのけ
染めた金髪が
とっぴな服が
罷り通っている

人が恐がって　よりつかないのが
あたしの道
ふつうの子になってしまえば
忘れられてしまい
だれも見てはくれない
手もかしてくれない
壺になれない
ただの空洞さ

蝸牛

矯正というはかりの
机上に並べられた少女たちが
かたりはじめる
うちら　みんなかたいからかぶっていたんや
それを　ツノだせ　ヤリだせ　アタマだせ

の
でんでんムシムシにのっかかって
はやしだされてしもうたんや
ころんでしまったあとは
みるみるうちにおっこちてしもうて
からはつむりをまげて
つむじ曲がり
そんなうちらを
窓越しに見に来る奴らがいる
　家庭に問題があるんですな
あの子ら　案外素直でいい子たちですがなぁ
家庭などはじめからないわ
家からぬけだそうにもぬけだすものがない
そんな　からまわりが転げている間に
引きずってきたからから
ツノだせ　ヤリだせと
出してきた

また　あんたたちは　うちらのからに
少年院というからを　どっかりと背負わせてくれ
る
そして　はやしだす
うちらには　うちらの
ツノがあり
ヤリがあり
アタマがある
どんな這い方しようが
ほっといて

窓

格子の
その　安全地帯に
まだカギが　外から内から掛けられている

罪ですか
罰ですか
はまっている鉄格子の境界に
入れられ　閉じられ　出られない
その向こうに
痛々しい有刺鉄線が　ひっかかっている
あの　外の
空と
風が
刺さってくるのです
チクルのです
いままでの
あの頃の。
ですから　痛いのです
逃げて　出ていって　傷つくより
ここで　じっとみつめている方が
すべてから逃げられるのです

やっとたどりついた壁
それが　ここの窓
鉄格子から
注射の痕が青ずむ腕を　そっと出して
外の空気にふれてみたら
人は　みなひとつのわくにはめられている
その世界から　もうひとつの格子が
そして　もうひとつの鉄格子が
また　もうひとつの風景が
ここから見えてくるのです
そのわくの広さと大きさに
閉じ込められながら
きょうも　傷ついた腕をさし出して
有刺鉄線の針が　チクチク刺すような
緊張を味わっているのです

水縛Ⅰ

部屋のあたしに
どこからともなく　水が入ってくる
「足を洗え」っていうのか
冷たい　怖いと叫ぶより
無気味な水が　この高い壁の狭いところに浸って
　くる
足を洗おうが　洗うまいが　どうだっていいだろ
　う
足で水を探りながら
水嵩が増えるのをじっと眺める
どこから来ているのだろう
どんな水なのだろう
この謎が　あたしの足首を　縛り始める

この水の綱はぐるぐると膝から腰へと向かってい
　く
下半身まで括りつける水は
あたしのからだを犯し始める
いつしか　強張っていたからだは
水の肌触りに溶け込んでいく
水は柔らかく　腹から胸へと愛撫してくる
あたしは水の捕虜　水に身を任せている
水は　何時の間にか　あたしの口から鼻から襲い
　かかる
飲むことも　吐くことも　できないまま　身悶え
　する
水は　あたしの顔に激しく迫ってくる
溺れていくのか
飛び越えていくのか
どんな逃げ道があろう
逃げるに　逃げ切れない

泳ぐに　泳ぎ切れない
水のなか

水縛Ⅱ

目や　鼻や　口から
耳からも　水が入ってくる
背丈だけの罪
どんなことを吐いたのか
呑み込んだのか
見たことが　聞いたことが
そのままからだに溶け込んでいく
水との接点
どこでバクハツするのか
マイボツするのか
整列　番号　駆け足
日常の繰り返し
水責めに溶け込んでいくと
浮力が湧いてくる
手足をばたつかせないで
力を抜く
口をあけて
そっと　息を吐いていく
水から
気付かれずに　あたしを捨てていく
からだの力は　するすると抜けていく
水からの挑戦
時がたてば　しゃばの空気が吸われる
水槽の中
泳ぎ方が浮き方となって
あたしのからだは水から
抜けていく

獄

腰を
おちつけて　ゆっくりと掛ける
ひんやりとする　お尻の
一瞬
なじめない　あたし
じんわりと　なじんでゆく
この席で
なにがなんでも　あらためねばならぬ
重いからだが
軽いからだへ
考える
便器のささえ
あたしの過去

ふんばるのだ
だしても　だしきれない
なまあたたかい
あたしの肉が
敷いている冷たさを
おし込んでゆく
お尻の重み
立ち上がる
軽さへの
一瞬
真っ赤な血が
ひろがっている
あたしの血なのさ
あの男どもの
部屋へ思い切り吸い込んでいけ
唯一の外とのつながる
女の道

全員集合！
整列！
あ、　この席から
また勢いよく押し流して
立ち去らねばならない

単独室

少女Aの
あたしは　ここに座っています
やっとたどりついた居場所なのです
壁とカベ
いわゆる畳一枚の空間なのです
あたしは　あたしと語りかける
話力が
壁とむかう強さなのです

壁との過ごし方のひとつは
つみをつみとして
つみあげていく
つみかさねの高さとなって
目前に聳えます
覆い被さってきます
壁とカベ
墓穴の深さとなって
葬っていきます
ひとつ　つんでは
もうひとつ
ごまかせば　もろにくずれてくる
奈落の底
つみあげる　くりかえしが
また　深いつみを掘り下げる
ア、ソウナンデス
カドノポストノアカイノモ

エントツノタカイノモ
ミンナ　ミンナワタシガワルインデス
両手にかかえる
このあたしは
だれのつぐないもない
掘りつくした墓穴の
通り道なのです

顔

あんたが
あんたであるための
役があるのなら
非行少女の似合う
顔がある
洗い落とそうと
水を流し
両手で
その顔　あの顔を拭い取る
洗い落としたつもりの手のひらを
じっと見れば
新たにもうひとつの顔が
もうふたつの顔が
現れてくる
洗えば　洗うだけ　汚れてくる
厚化粧
染める髪の毛が
いく色にも
重なってゆく
シンナーはいけないよ
覚醒剤はいいけど
売春はいけないよ
男はいいけど

かげぐちはいけないよ
仲間を大切にしなければ
ならないよ
おきてを破れば　リンチがある
ひとりが　ふたりとなれば
おきては　ますますふえていく
そこにいるあんたよ
あんたがみんな
つくっているんだよ

手拭い

あたしの
からだで拭いていく
あいつらの
手
どんな汚れも
拭いていくのだ
少女のからだを
いつでも　どこでも
あの手　この手で
うまく洗われていく
男の手管
あたしのタオルは
拭きやすかったのだ
いま　あたしは　内省室に入っている
白いタオルが　目の前に垂れ下っている
さあ　今度は　あたしが　ここで
あたしのからだを拭かねばならない
女の
どこを拭かねばならないのだろう
女の
どこが汚れているのだろう

どんなことで　ここに来たんだろう
少女の手で　いくども　いくども
拭っていく
あたしのからだから　なにがぬけていくのだろう
早く　ここを出たいと
強くタオルを絞ると
いつしか　あたしの
手の汚れが
タオルに隠れていく
生きていくための手が
ここでの生活を
馴染ませる

視察

その手に天眼鏡がある
あたしの突っ立っているところの
どんな場所にも
凸レンズが位置している
そして、いつも、ある距離が保たれている
どんな女になろうが
どんな少女になろうが
それは、ワルの図になるのだ
あなたのレンズに映る
夜の光りに彩られたあたしなのだ
あなたと
凸レンズと
あたし。
この位置に
あたしの決められた道筋があるのだ
男の前で
女の前で
踊る、あたししかないのだ

なんで、ここにやってくる
あなたの篤志という
昼の光りに照らされて。
見詰めるあなたのまぶしさは
凸レンズに集まり
あたしの身体に突き刺さってくる
むくむくと起き上がる男が
女の身体に燻り　燃え上がってくる
焦点が
あなたの視線
天眼鏡の扱う手によって
また焼け跡が残る

管理棟

ベッド

空いている
からだを横たえるあたしに
正しさを嵌め込んでいる
錠前と同じなのだ
寝返りをうっても
からだを丸くしようとしても
あたしをしっかり
押さえ込んでいる

睡眠

丸くなれ
丸くなれ
こころが　ころころと
ころがっていくように
あのカナアミの
あなから
外へと
つながっていけ

鉄格子

湯槽からの
もうろうとしたなかに
あたしらのからだがみえる
ひとり　ふたり　さんにん
おんなの裸がみえる
汚れを落としたかという自問が
湯もあたしらを縛り続ける
向こうで笛がなる
さあ　あがれ
身を浄めたものは
ここから出られるぞ

ざんげ

かみをひろげて
おもいきりかまないと
でてこないのだ
はなから　のどから

たまっているものが。
はきだせ
いってしまえ
ひろげるかみを
二つにおって
両手をあわせて
かんでみたらいいのだ
問いただすだけ
おまえのものが
かみに書き改まる
喉元がこそばゆい
咳払いが風邪という
病の兆候になっていく
ほんとうの風邪にならないと
ほんとうの熱がでないと
ほんとうの咳がでない
痰がでない

あおっぱな　みずっぱながでない
病の負う業の深さにはまらないと
頭から　胸から　胃から　子宮から
おもいきり飛び出してはこない
力強くかんでみろ
かみのなかに
おまえの胎児がへばりついている
まるめて捨てるか
つつんで育てるか
この手にあるのだ

アンパン*

こんなことで
いいのか　わるいのか
少女の吐いた息が

口先からふくらんでいく
真っ赤なふうせん
はちきれそうなふくらみ
ひと針刺されば破裂しそうな緊張を
吐き出し口で絞めている
吹き込んだ息は
からだとなってふくれあがる
はなすと笛のように鳴り響く
慌てふためいて
やってくるパトカーが　ケイサツが
「シンナーを吸っていたな！
　臭うじゃないか？
　このビニール袋が証拠じゃ！」
「吸っていたんじゃない
　吐き出していたんだ
　ふくらして持っていたのは
　赤いふうせんだ
　吐き出てくる息が　持ち切れずに
　放してしまったのだ」
と言い張っても
そこにはしぼんだビニール袋が
残っているだけ
真っ赤なふうせんは
どこかへ消えていた

＊　シンナーのこと

空耳

耳の穴から
手　突っ込んで
奥歯　ガタガタいわしたろか。
オー！

いわせんねんやったら
いわしてみ。
どうせ　かゆくて仕方のない耳の穴
外耳道のまわりを
ミミカキやメンボーでかきまわしている
苛立ちの快感
かゆみは　どこからやってくるのか
うみの耳
貝の殻
海鳴りが聞こえてくる?
どうにでもなる　とらえ方の三半規管
そらの耳
聞こえるのは　内からか　外からか
耳鳴りは　かきたてる
かくから　かき傷が
またかきたくなる
とらえどころのない

音が
かさぶたとなって
小手先でなぶる
耳に逆らい
耳にたこができ
耳障る
聞く耳もたずといいながら
おのれの声が　かさぶたを苛立たせ
かくから　かくのではない
こそばゆい　かさぶた　傷のあと
ポイと　取り出す
カユイのから
手のひらにのせて　みつめる声のあと
まだガタガタいっている

はりつけ

　オイ！　こっちへ来い。
ぐっと握られる　二の腕
打ち払う腕のない
ワッパのかかる手首のない
あたしらに
腕の痛さも　あたたかさもない
あんたらが　いけないんじゃないか
おもいきり摑んでくれれば　いいのに
あんたらの引っ張る力が
つれて行こうとする強さが
弾みとなって　すり抜けているじゃないか
どこで　どう捕まえようと
その手に　その手が

ないものの腕をとって　何になるのだ
あたしらの身体
みんなあんたらが　腕を抜いてしまったのだ
　オイ！　こっちへ来るのだ。
握った腕は　どこへ行ってしまった
少女の腕に　なんぼの値打ちがつく
捕まった身体
両腕に　両側から
二の腕を抱えられ
足は　ぶらぶら宙に浮く
非行のクイが刺され
刺されたところから
女の血が彩る
犯罪の声
腕のないあたしらの
魂を呼んでいる

舞

男の前で
ねだる　あたしの踊り
両手に飾りをいっぱい垂らし
ガラガラと振り回す
舞いのなかに
無いがある
あたしの
無いもののねだりが
何もない
迷いのなかで
欲しい　欲しいと
舞い続ける

あんたたち
いったい　なんぼで　あたしを買う
ガランドウの迷い女に
ホテルの舞台をあたえる
ベッド
テレビ　冷蔵庫
バス　トイレ
あたしの両手にぶらさがる
飾り
きょうも時間の部屋
回り舞台
そこに無いが
隠れている
飾りをカラカラならして
あたしの空回りが始まる
無いもののねだり

雨

ガラスにうつる雨足が
鉄格子になって　無限に迫ってくる
鉄格子は　水たまりをつくり
口をパクパクさせている
言いたいことが
水たまりにある
動きだせ　波立たせろ
パクパクしても　どうにもならない
とび出してみろ
雨にうたれて　陶酔させろ
雨が注射針となって
おまえのからだが火照ってくるだろう
鉄格子から逃げ出せない

ガラス越し
日差しがさし込んで
女の肌が　はがされても
眼球に焼き付いた雨足はしっかりと降りしきる
水たまりの口に
だれも入ってはいけない
ただ　どこかに隠されているだけ
また　雨足と一緒に
鉄格子があらわれてくる

調書

薄っぺらい
カミのしたに
カーボンをしいて
ボールペンを走らす

相手は
聞き取りにかかる
なぜか
国語辞典が置いてある
わからないことが
この辞典で解決するのか
あたしのことばは
積み木になって
組み込まれていく
舌は滑らかに
動いていく
おんなのはなし
うなずいてペンが走れば
もう一枚の舌がペロリと出てくる
お前さんの書いている
文字など、どこにほんとうの
あたしが生きている

あたしなど、どこにも存在しないところで
なにを裁く
書き表せない
積み木を
その辞典でひいてみろよ
辞典にあることばで片付けてみろよ
お前さんは
あたしの心をひいていくものなど
なにも持ち合わせてはいない
あたしの舌は
お前さんを絡んでいく
おんなの性《さが》
お前さんのペンで扱えない
まっ白いカミ切れさ

虚構

ウソと
マコトをからませていくと
いつのまにか　ほんとうの
非行少女の事件に成立してしまう
おまえは　こうだったんだなあと
強いて問い返されれば
そうだったんだなあと
あたしの　あたしが
答えてしまう
人差し指で
紙にのりつけされていく
うごかない　あたしが
はりついていく

証拠に
うらがある
ウンと言えば
ウソがうまくかたづく
人差し指の誘いに
あたしは　からだをゆだね
うけ入れていく　そうすれば
しばられているあたしが
解き放されていく
今　ここで　裁かれる
はめられた　あたしを
ウンと言わなければならない
すべてを　あばく
あのはりつけられた　のりつけされた紙を
はがしていくことが　あたしを調べた
あいつらの仕返しになるのだ
「あれは　ちがうんです

人差し指に　おどされたんです」
と言い返せば
あたしは　うかばれる
今度の証拠は　あたしが
のりつけしていく

詩集『かなのほいさ』（二〇〇三年）抄

豊葦原

葦の
広がる古代は　未来へ消えていった
星の輝きも宇宙へ帰っていった
星田の地に
その根が生きていたことを
知っていますか
葦の根に
褐鉄鉱が出来るのを
葦の豊かさは
鉄の豊かさ
稲作の始まる
弥生は

鉄分を吸い上げる稲穂に
星が
土と水の実を結んで黄金を輝かせる
星との土塊が鉄を産んで
繋がっている
葦の鉾を
稲の剣を
象って祈ったが
土の永遠は
酸化してしまった
葦の地方
重工業を
謳いあげ
鉄の構築が
空に聳えて
国の戦いに穂をあげた
葦の刃を突っ立てたが
空に消えてしまった
残るものは
酸化
豊葦原も
鉄穴《かなな》も
早々と未来を
無くしていった

星《ほっ》さん

光の
養分を吸い取っている
そんな山がある
山地の霊が　空からの
好物を蓄積している
太陽は

月は
金星、土星、火星、水星の星たちは
それぞれの輝きを
金
銀
銅、鉛、鉄、錫の
すきな養分を地中の魂と牽き合っている
鉱物の含む土からは
シダが一面に生い茂っている
星を祀る　星田妙見宮
空と地が牽き合っていたが
なぜか
ここからはその鉱物は産出してない
廃坑も見当たらない
謎の
星降る里
地上に星が現れた　そのときから

地中の霊は　眠ってしまった
眠ってしまったから
かえって
巨石は
高く空と触れ合う
影向《ようごう》の塔となって　崇められた
千古の化石
山々に星は煌めいている
金の気力
巨石に駆け登り　手を伸ばし
伸ばしきって
星と牽き合う祀りが
まだそこにある

すず

星のつく
ある町で
鉄分の含む石窟を見た
丸い団塊で空洞になっていた
葦の
すずの根に
水の鉄分が成育する
褐鉄鉱ではないか
そっと振ってみたくなる
鳴石　壺石
空高く
神の御前に鈴を鳴らすように
仰ぎ見て

これが
古代のすずなのか
水酸化鉄の団塊が
稲作とともに
人とのかかわりを持つ
敬虔な祈り
土は
空のひかりを
吸い取って育っていく
すずをかため
すずをならす
すずなり
火と風を送る踏鞴《たたら》で
鎌と鍬《くわ》をつくる
ヤマト鍛冶
原料のすずなりを祈る
鉄鐸《てったく》が

どこかに眠っている
星が降ったという
この地から現れないか
同じ星のつく
わが星田の
鍛冶が坂
発掘できないすずに
土鈴を作って祈っている
古代のすずばりを
今日も掘り起こしている

鉄穴《かなな》

砕く
かなの崩れ落ちる
天の川。
流れていく
川床に
星とのちぎりが散らばっている。
急流を掬い上げていく
鉄穴《かんな》流しは
弥生の採鉄。
奉る
哮《たける》が峰《みね》に
削った山肌は
天孫降臨の物語。
稲作の
肩野《かたの》物部《もののべ》は
かなも
束ねていた。
山向こうで
金の鶏がなく
廃小松寺の峰に

入る日が太いつつじのある
その下に黄金がかがやく。
鉄分の含む
鉱脈。
山伏の振りかざす三鈷《さんこ》杵《しょ》。
さがしまわるかなの山道を
とんとんつく鉾。
かなすずのねがいが
土にとどいていく。
私のこのペン先も
かななを探し出している。
古代の
探しあぐねた跡を
鉾のペン先で
探っている。
探る頭はかなで
重くなって
固まっている。

制裁

空爆が
一つの国に降り注ぐ
破壊が破壊をよぶ
人のいのち
鉄の極みは
爆破する

葦原の
生い茂るところに
徐福伝説が生きている
葦の根に鉄分が含まれ
団塊をつくる

稲作の
鍬が　鋤《すき》が
人と争う
葦の鉾となる

狩りは
獲物と戦う石鏃だ
稲と米の
作物は
いつしかやじりを人に
うち始める
弥生人
周溝墓の
死体がいう
鉄は
刃となって
人を征服している

鉄の破壊が
その破壊を破壊し
また
つぎの武力をつくる
人の刃
人間は　まだ
鉄鏃を
うちつづけている

哮《たける》が峰《みね》

岩がうたう
山がうたう
交響曲が全景を映し出す。
広大な宇宙のひろがり

海をあらわす山並みが
そびえる岩が
古代の高天原と
結びつく
岩壁に
ロッククライミングに
挑戦する若者たちが
天にむかうのか
地にむかうのか
神聖な岩に　よじ登っては
落ちている。

高波と高波の峰に
架け渡すつり橋。
「星のブランコ」と称して
大勢の人たちが渡っている。

立ち込める
イメージの気流は
遠くへ遠くへと去っていく
その距離が
高波を乗り越えてきた
磐船さえ　何処かへ遠退き
貴人たちのうた声が聞こえてこない。
高天原の敬い　崇める
文化のパノラマを
巨大に変えていく
新世紀へのブランコ。
誇らしげに
「今」を揺らいでいる。

眼界

新宮山の
八幡宮は東向きになっている
山やまを　村むらを護るための
つながる方向が　岩清水へと望んでいる
鎮守の神さんが
眼中に存在する。
新宮山の
南にあたる金堀村
ほうらくづくりの
ちゅうねんという老人が
方角を案じて
お宮さんに　米三粒を入れたほうらくを
供えにいく。

「東向きの八幡さま
　山の南の金堀をお忘れなく
　　お守りください。」
と、願ったが
ちゅうねんが心配したとおり
村は　忘れられてしまった。
毎日　お供えをした　新しいほうらくは
村人が　何も知らず　それぞれ持ち帰り
まめをいったりして使っていた。
いまある　この金堀の姓を
どこに向けて　どこに位置づければ
村が存在するのか。
方角探しの　限られたひとりのいのち
西か　南か　北か　東か
森も　お宮もなくなった
語り継げない
消えた村に　ひとり立つ。

みつめられない
方向にいる
限りのない
ほうらくをつくり
きょうも米三粒入れて
お宮さん跡へいく。

砦

旧村に入ると
まっすぐな道は一本もない
必ず行き先で曲がっている
曲がりくねった狭い道に
家と家が重なり合っている
突き当たると
家と家の隙間が
また道となって通じている
行き止まりのない
村は迷路になって通じている
いったん入ってしまうと
よそ者は
今どこにいるのか
どこへ行けばよいのか
見通しがつかない
村を守る
道
小さな道は　縦横無尽にある
村人同士の家と家をつないでいる
新宮山を切断した新道は
広くてまっすぐだ
旧村と切り離された
南の古い里は消失してしまった
急な坂は　里の面影を残すように人をさけている

北の村はずれの高野道
広くまっすぐに付け替えられた
車が行き来して走っている
その車は　今も村には入れない
旧村は
道の狭さで
村を守っている
家と家の
狭い　細い
曲がりくねった　迷路に
よそ者を迎える
罠がある

姓は血でなく……

いつ　だれが
自然石の墓を建てたのか　わからない
江戸期のものと
彫られた文字をたよりに
「金堀」の姓を知る
竹藪に囲まれた村の墓地が
ブロック塀になっている
自然石に
姓の流れが生きている
ふりかえる先祖
見える墓標
なぜか　だれも参るものがない
村でたった二軒だけになった「金堀」の姓が
どのように生き長らえてきたのか
亡き父母は　墓石について話さなかった
関わりのわからないまま
姓だけを受け継いで
新たな自分たちの墓を建立している

この村の図会にあった
「金堀の里」が無くなってしまっている
なくなる風化は
血とは関わっていない姓を　祖父が受け継ぎ
消している
無くなる存在が
自然石に潜んでいるのか
いま生きている　わたしの血も　姓も
また途切れていく
血の流れが　姓の流れが
消えていく
自然石のように
今日を抱き抱えている
竹藪を切りとり
根っ子を引き抜いた村の墓地
支える均衡が破れたのか
周りの墓石が傾いている

かな掘り

このあたりに
削り取られた小高い山があった
なくなった土を探し求め
今ある　この土地に　積んで積んで
積み上げねばならない
かつての里を
つくりあげねばならない
鉱山もない
金山もない
この里に
何か輝くものがあったのか
それを探すために
かな掘りが

この土地に
新たな坑道を掘っていく
遠く離れた甲州の金堀衆でもあるまいが
たからを技として
星田村に　どう生きてきたのか
探るために
この手で
掘り出していく
かき集めた　土くれを
しっかり握りしめれば
わかるだろう
今　建ち並ぶ家も
アスファルトも
雑草も
失った里が
わたしの姓で
失った土の生き方を
明日につないでいく
限りある中で
掘り続けて
積み上げていく
小高い里を

空堀《からほり》

平面を
打ち叩きながら
掘り出していく
どこまでも　くっさくの
土の中
入り込んだら
そこは　無のかたまり
砕いて　叩いて　掘って

わたしを表す
ぎこちない指で
穴ぼこを叩いて掘っている
吐き出した
一字一句が
洞穴の
土くれを積みあげて
作業は　ただ漠然と始まって
排出された文字は
土砂に過ぎない
土砂が画像いっぱいになって
吐ききれず
一手の操作で
ごみ箱に運ぶ　また　いっぱいになる
どこまでも捨てていく
捨てたものは
どこに隠されたか

わからない分だけ
わからない空洞をつくっていく
空洞から吐き出されただけ
つくりあげた城だと穴掘りは
誇っている
城につながる抜け穴は
空堀（からほり）に終わっている
いや
わたしは
金堀（かなほり）だ
キーをたたく
掘った文字は
からの堀につながって
わたしを攻める
文字を積み重ね
空洞の城をつくっている

嘉字《よきじ》

吉は
土の口から出たことば
よしとする
名はめでたき吉を付けた
その吉を
あえて士でなく土にしている家がある
土は　ものを生長させる力がある
土をよしとしている
士と土の付け方が
士とはつかわず　あえて俗字の土としたのか
おもいは　どこに隠れている
わが家は小《こ》字《あざ》御《み》農《の》にある
近くの親元から　ここに住まいを構えた

何の因縁か
そのとなりが梶ヶ阪で
かつては小高い山だった
今も急な坂をのぼる
いつのときか
鍛冶ヶ坂が
梶ヶ阪になっている
地名のいわれが　わが姓を呼んだのか
ここが　ホリ師の住居あと
百年前の金堀の里であった
消滅した　カジガサカの
鍛冶が　梶になった
坂が　阪になった
鍛冶より　梶か　坂より阪か
妙見の星をまつる七夕
かじの木の葉　七枚に
うたをかいて

織姫さんにささげる
梶葉《かじは》姫《ひめ》
かじは　梶
鍛冶屋は　金打《かぬち》の
トンチンカン
トンチンカン
打ったり　抜いたり
の音だけを響かせている

嬰児山《みどりごやま》

また来てしまった
この山深い乳母谷《おちごたに》に
うみのないくるしみを背負いながら
うみのもだえを落ち着かせようと
険しい山道を歩いている

山道はもう海の底なのか
はい上がれない
沈んでいるわたしが
いつもここにいる
うむことのできない
生かすことのできない
いのちが
この谷にひそんでいる
みどりにおおわれた
嬰児山の大波がわたしを呑み込んでくる
赤子をつくれなかった
赤子の泣き声が打ち寄せてくる
赤子の声にならない声の行き場所が
この深い谷底に　迷い込んでいる
わたしの精霊が　海のなかで
受精できずに　おどおどしている
いったい　何に　生きをだきしめるのだ

眼前の木々は波となってわたしを誘う
海のなかに湧き出る生みの力
さあ　はやくお前のからだをささげるのだ
海とうみのむすびつく
からだがいきり立つ
生むことのできる
その生きを
サン道に
投げ込んでみろ
眠っている精霊は　蘇り
山並みは　うみの大波になって
生き返る
おぼれる死のこわさから
性をつかむ

私市《きさいち》

水の流れが
稲作のひろがりであった
水の居場所を育てれば
土も生きる
いねを鎌で刈り取っても
切り株が
ムクムクと現れ
土の顔を出す
禾（いね）を抱える
腕のかたちが「ム」
「私」となる
「私市」を「きさいち」とよむ
ここは　皇后の領地。

きさきの私有地。
穂がみのる　水の居場所が
家・家・家・家で
私・私・私・私を
刈り取った切り株のように
わたしを抱え込んでいる
水の流れはどこへいく
どこに水は追いやられている
ム・ム・ム・ム　抱え込む
胸のかたちが
まだ残っている
わずかな水田が
弥生の遺跡となって
ふるさと創生の
看板となる
流れくる水を抱え込んでいる
わたしのムは　一滴の水もつかまえられない

実らない禾が
「私」にはならないわたしになって
人の手に払われている

郷蔵

眠っている頭上
年貢米を運ぶ荷車の軋む音が聞こえてくる
からだは金縛りになっている。
年貢米の出入りができるように
大蔵の軒下は長く垂れている
支える柱は数本立ち並んでいる。
年貢米の出せない者は
柱に縛り付けられる
村の仕置きか
世の見せしめか

喚き叫んでも
道理にかなうものではない
荒縄で縛り付けられる自分が　そこにいる
年貢米の出せない自分が
我武者羅《がむしゃら》に働いた自分が　そこにいる
村役人とのかかわり方がわからなかった
いまある自分は
世の仕置きにあっている。
喚き疲れたとき
朽ち果てた蔵はすべて壊された
縄跡のついた柱は取り外された
解き放された
蔵のない
空き地が
また　わたしを縛り始めている
なにも創り出せない
からっぽの荷車をわたしはひいている

頭上に響く　車輪の軋む音
からっぽのわたしを　縄は縛っている。
はやく建ち並んでしまえ
人がひとを収めていく
家屋に。

渋り谷

こちらの台地と
むこうの台地に木々があり
渋り谷という深みがある
水は生息しているが
流れる姿はあらわれない
どこかで淀んでいる
水は止まっている
泳ぐことはできない

あちらの谷はずり落ちてしまったので
こちらの谷をのぼりきるしかない
服を脱いでしまった
わたしはわたしで
あつい日差しにすべてを曝け出し
横たわっている
蒸発してしまうではないか
そのものへの唯一の道
太古から綿々と続く　言葉だけが
その輪郭を伝えている
わたしたちはそれを永遠と呼ぶ

ただ　羽根のように軽くなること
はるかに高く飛んでゆくこと
イカロスのように陽に灼きつくされるまで
そのとき　わたしたちはひとつになる
あまねく溢れる　ひかりそのものと

赤井

アカは
供える水である
おそいくる　どんな勢いも
やさしく水路に
流れ去っていく
法《のり》がある

はじめに
水からのすくいあげる
ことばがある
からだの血脈が
はりめぐらす　生きる知恵
肉となって　かかわっていく

赤は赤として　燃え上がる
血とのかかわり
水となり
赤の他人になる

この地は
赤江であって
赤井になった
かつての魚や貝を獲る
水辺であった
埋め立てる　開拓に
稲作の水をはりめぐらす
めぐる道すじ
ことばは　淀んではならない
からだの血のめぐり
水からたもたれる
今

水は流れ去っていかない
すべてのことばが　水臭くなって
どこかに消えてしまったところから
はじまっている

閘門《こうもん》

夕ぐれに
樋上　樋口と口々に
名を呼ぶ
この地は
水が充分に内在している。
流れることもなく
満ち潮に戻ってくる水は
一面にもてあます。
井路《いじ》の張り巡らす

川は
水に流す　村人の
うらみ。
田舟の身を
浮かばせる
川向こうへと
渡る
結界に
ひとつの断絶と
ひとつの融合が
舟を閉じ込める。
攻め込まれながら
平らなこころの均衡を　待つ
波立ちは
すべてをおさめてしまう
樋に
わたしの舟を通す。

水位

くいを
高く高く打ち続けている
川の護岸
鉄柵であっても　水のくいとなる
水は　水を囲いながら
くりかえし　くりかえし溶けてしまう
水柱である
土俵をかさねても
鉄柵を高く高くしても
完璧な堤防はありえない
水が　溢れ出すと
また新しく、よりよいものをつくりあげていく
架けた橋は　頭上にあって　登りきったところか

ら
川を見つめれば
流れは　行きつ戻りつしながら
海へ行かず
大東の寝屋川はゆっくりと生きている
大阪の東方に光あれと
母の里に何十年ぶりかで帰ってみた
幼いときの道は　鉄柵に挟まれ　川と遮断してい
る
野崎まいりが　菜の花が　屋形船が白色に映って
いる
この川の広さだけは
護岸の高さに見守られ　どっかりと位置している
わたしの視線は　低く　押しつぶされながらも
わたしはくいとなって
頭上の川に
水のくいを打ち続ける
人柱になる
そこに　囲んでいる
わたしの水があり
生きている
海に還らず
生きている

氷室《ひむろ》

田に
水をはってこおらせる
その上に　また水をはり
こおる水に　水をかさねる
そのわれめが　氷となる。
ぶあつい氷を切り出し
夏まで氷室にたくわえる

この山間は　はりめぐる水に
氷点が生きている
「さんずい」にひびが入り「にすい」となり
冷たく　凍る
空気が
いつしか　流れゆく川に
運ばれ　ゆるんでいく
その地に。
流れゆく水が　もどりくる水をかさねていく
水かさ。
盛り上げる土を重ねていく
高く高く築いていく土の
造形は
水をかさね
切り出していく　氷。
夏の大雨に
あふれだす
水のいのち
今もかさねて
街をつくっていく。

三尸《さんし》

痛の虫は
ものごころのついたときから
鎮められている
からだに
三匹の虫が生息しているという
虫の眼が
わたしの見えざるもの
言わざるもの　聞かざるものを
じっと見つめている
たまらない叫びが　たまらないまま

胎に巣くっている
六十日ごとに
かのえさるがくる　その晩に
わたしのからだから抜け出し
三匹の虫が知らせにいく
朝　裁きを受けて
わたしの生き様が現れてくる
わたしは感知できない
見えないもの　言い表せないもの
聞こえないもの
自滅寸前に虫の知らせがくる
口をふさぎ　耳を押さえ　眼を覆う
三猿の生き様が虫食っている
死のないしかばね
虫の音

虫を殺して
きょうも番の鶏が　目覚める
死からの蘇生が
神も仏もない
供養しようが　してもらおうが
戒名の助けを受けようが
裁きは裁き
わたしはわたし
化石になって　しかばねになって
忘れ去られていく
そこにある石塔は
いつも風化している

水神

タキは

急流をさし
瀧には龍が映る
常に空に向かって昇っている
荒れ果てた祠の小さな巳《みー》さんが
周りの均衡を保っている
瀑布は
空を昇る龍
奮い立つ勢いは
畏れ多い瀧の神
谷川にも八またの大蛇が
ひとすじ流れている
八つの頭と八つの尾を振りながら
ときには暴れながら
川から空へ
昇ることのできない
瀧に向かって
蛇行している

ひとりのおとめを
ふたりのおとめを　さんにん　よにん
そして　はちにんのおとめを
稲田の豊作を待たずに
呑み込んでいく
大蛇を押さえる
勇者の
神話は生きているのか
退治した大蛇から生まれ出てくる
鉄が
この地の瀧
瀧は
龍を亡くし
ただの水として流れている
鉄は水から探し出された
宝刀
荒れ狂う大蛇も　龍も

生きているのか
村は　巳さんの祠を
改築するというが……

さみず

さみず三軒さびしかろ
と　うたわれた
三水か
佐水か
丘の上のバス停は「佐水」となっている。
くつをぬいで
素足になり　土をさぐってみる
しみずのわきでるような
こそばゆい
水の化石が
足の裏にいきている。
からだから　みずのながれをさそう
わたしの水はたしかに生きている。
ここは　かつての　谷深い木々が生い茂る
しみずのめぐみをうけていた。
畏敬の
注連縄《しめなわ》を張り巡らせば
人の手に犯されなかった
水の峡。
三軒の「さびしさ」だけでは
切り開かれた百軒の空間に
おしつぶされる。
木々は
水の気をぬきとって
地下水の均衡を崩して
枯れていく。
平面にならされた土の上に

木の構築が　均衡をとろうとしても
水とは切れている。
涸れたさみずは
埋められた土をきょうも崩している。

照涌《てるわき》

穴を掘り
身を沈めていく
地層の中
眼の前の壁が
崩れないように
わたしの耐える力を
固めて石積みをし
空間を保っていく
滞水層まで深まってきたのか
はまり込んだ　この深さに
指先で探る水
ひびく琴線
わたしを
生き返らせる
海の満ち潮引き潮が
こんな遠い野山の水脈に力が加わり
沈んでいるわが身を圧迫する
壊すな　守れ
この空間よ
掘った穴から
湧き水を探し出したら
地表に這い出し
日々の
汲み出す
井戸となって
照れば　照るほど

乾けば　乾くほど
わたしの水を
飲み干すのだ

葉脈

やよいのつぼに
木の葉のもようがついている
ねりあがる粘土の
こめられた呪文が
うつわとなって
お前のからだにつながっている
土と水と
光が
はりめぐらす
葬るからだ

どうせ土にかえるが
いったんかたちづくったものは
破壊されても
ひとかけらから
めざめる要素がある
お前のからだに
めぐらすもようが
ぬきとろうとしても
ぬきとれない
ひとすじが
末端まで
しっかりとかたちづくっている
つぼの破片で
底のひろさがわかるように
つくりあげる
ひとすじの
もよう

さわるな
ぬきとるな
お前のもっているからだ
いまも　お前を
しばっている

風解

山深いところへ
かんたんに車で入り込んできた
石切り場
砕いてきた断崖がまさに崩れようとしている
目の前に立ちはだかる　聳える岩はだに押しつぶ
　される
不可解な気迫が吹きあれている
これは殺気だ
これは人間の挑んできた残骸だ
聞こえない破壊の轟音が
車から降り立つぼくの足元を転石でぐらつかせる
恐怖は　ぼくを誘ってくる
ぼくは　恐いのだ
高さ　深さ　遠さ　大きさの超えたものに
人間が手をかけるのが
石を切り裂いてきた年老いた男が
片目を発破の飛礫に傷つけられている
岩石と戦ってきた栄光のあとが片目にある
得意げに岩石を扱ってきたのだ
いまはもう発破もない　死んだ石切りの残骸だ
残骸の凶器がぼくに迫ってくる
恐怖の岩場から逃れなければならない
巨大な岩はだは　山の苛立ちを
乾いた線模様で描いている
残骸のひび割れた線引きは

水をほしがっている
一滴の雫が　とおい時間に
この岩石を砕いていく　その道をつくっていく
運命線が　鉄杭を打ち続けている
吹け　吹け　風が
降れ　降れ　雨が
風化していく　そんな岩石に強がりを吐きながら
断崖を見上げる恐怖から救われるため
ぼくとの距離を保っている

遠見

代官屋敷の
まわりは狭い路地で
辻から辻が曲がっていて
その向こうが見えなくなっている。

幼いころは　かくれんぼの
神隠し。
今は
いまを隠す
夢追い人。
追いかけて　そこまで行くと
何もない　細い道だけになっている。
戦う者が逃げ場をつくる　その瞬間
追う者は迷う
ゆるやかな湾曲が　さがしものを呑み込んでいる
追いかけるものと　追いかけられるもの
交野の古い家並みは
あたりを　迷わせ
さがしものを隠してしまう
遠い風景は　ここで遮断する。

この道はなんだろう。

無くなっている道の向こうに眼の先をおけば
抜け道のない　夢追い人は
いつも同じところにいる。
どちらを向いても　前方は切られている
向こうの　向こうへ走れば　走るほど
夢追いできない　隠された焦りを
袋小路に入ってしまう。
仰ぐ空は　ひとつなのに
その向こうがわからない
佇んだまま
歩こうとしない。
その向こうへ行ってみれば
そこに
お前のさがしものの風景が
あるかもしれないのに
お前はそこで風景を切っている。

あとがき

「かななのほいさ」を漢字で書けば「鉄穴の星田」である。「星田（ほしだ）」を「ほいさ」とは、今はだれも言わない。また、「鉄穴」とは、鉄砂のことであるが、星田には、その記録も遺物もあるわけではない。わたしがつけた星田の形容である。「鉄穴」と「金堀」をただ結び付けているのである。

「金堀」という珍しい姓に対する関心は、春潮亭蘆《ろ》噸《とん》という人が明治初期に描いたとされる「星田名所記《などころき》」（手書き、未完）の中に「金堀の里」を見つけたときから始まった。しかし、「金堀の里」は、明治十三年の地図では消えていた。江戸期には存在していた証として、星田妙見宮に「金堀中」が献燈した天保期の灯籠がある。

　本詩集の「わが姓」における「わが地名抄」に

は、わたしの住居する、父のふるさと星田と、母のふるさとや、小さな村が出てくる。これらは、わたしの原風景「ほいさ」なのである。「かななのほいさ」として創りあげているのである。

二〇〇三年六月

詩集『神出来《かんでら》』（二〇〇九年）抄

星鉄

浮いている
鉄の重みもなく
妙見岩は
浮いたまま　空にも昇れず
地にも沈めず　浮いている
空から　冷却して降った
石は　地を鎮め
天と地の契りで
村ができている
崇め　奉る　農耕の俺たちは
鍬を捨て　土を固め
今は　もう水も　雨もいらない

少なくなった田畑に
雨乞いはいらない
大きな石は　空にも　地にも　帰れず
浮いている　浮いたまま
お前の村も　里も消えている
抜け殻が凝固し　鉄は
何処にもない　まがいもの
航海の方位も　人生の方位も
鍛冶屋のカンカンと響く音も
みんな
浮いたまま
乾いたまま
天も地も離れている
祭りも農耕から
浮いている
浮いている石を
お前は　どこから見ている

その位置を探ってみろ
空から　土から　それとも……
お前も浮いている
お前が静止すれば　石は動かない
お前が浮くから　浮いている
大きな石は　星を見失って
浮世に漂っている

鐘《かね》鋳《い》谷《だん》

嵌められた
その枠の中でわずかに動いて
時を刻む
一万年　二万年には変わっていく
その中で
空に刻んでいる

北斗七星
柄杓《ひしゃく》の形は　人の恨みをおおぐまに
北極星は　こぐまを象り
思い込みは解けないで
そのまま永遠に貼り付けられている
空の向こうに
どんな契りがあるのかわからない
妙見宮の星降る大岩で
いずれの星と語らえばいいか
階段を登っていく
絵馬堂をすぎ
鐘撞《かねつき》堂の土壇《どだん》跡から見る谷が
鐘鋳谷である
鐘作りの場だったのか
鞴《ふいご》の風が吹き寄せる
地名の坩堝《るつぼ》に嵌まる
鉱山の守り神かと

階段を登っていく
ここには鐘も
鉄も　銅も　鋳型も　神も現れない
わずか半世紀の間に
妙見坂と名づけられてしまった
鐘鋳谷を
探れないまま
登る階段は
空とは繋がっていなかった
地名に嵌めようとする
わたしの拘《こだわ》りは
これから先　急な坂だけを
見続けていく

鍛冶が坂

足取りの
重みがだんだん加わってくる
竹藪に覆われた狭い古道を登ると
持ち上げる足の重みが　土に吸い付いている
眼前に急な坂が現れる
ここが、鍛冶が坂と呼ばれていた金堀の里
明治の初めには七軒あったが
いつの間にか　地図からなくなっていた
人里離れた家々は　それぞれ村の中へと移ってい
く
金堀　山本　西井　松井　森　坂本　――
自然石の金堀卯右ヱ門の墓には
親も　わたしも参らず
西井家を先祖の墓としていた。
西井家にあって金堀の姓を継がされた父は
何も語ることなく　金堀の先祖を伝えなかった
あの金堀の墓は　松井家の墓地にあったが
だれが守っているのだろうか。
坂を登りきったが
鉄《かな》の音は聞こえない
金堀の小さな村には産鉄の跡も鍛冶工人も見つか
らない
重い足取りは
鉄《かな》の里を意識する
磁気が　足裏に働き　重くしている
わたしを引っ張るかなは　空洞にすぎない
からの土中で採掘している
から鉄を引きずっている
わたしの足取りであった
里から離れた　いまある六軒の姓は

鍛冶が坂とは繋がらないで生きている
わたしが地名にこだわるのは
わたしに聞こえる金打ちの音
残る竹藪を揺らす風となって
建ち並ぶ新興住宅に吹いている
風は　すべてを下り坂に転がしてしまう
転げてはならないと
わたしは　慎重に金《かな》を踏んで
坂を降りていく

金漿《かね》つけ

菖蒲《しょうぶ》が滝から
わたしは　下ってきた
谷間の洞窟から抜け出した
このからだに付着している鉄滓《てっさい》は
鍛冶の神が
わたしの邪心を振り払うように
邪鬼を寄せ付けないように
呪文をかけた
金銀の飾りで身を守る
強気を振舞った
木が
わたしのからだにのりうつらない
蛇の身にならない
鉄の身になって
弾けて
暴発している
この地から
木々も　草花も育ちはしなかった
実も結ばなかった
わたしの母なる
その祖先のからだにも

わたしのもっている命は切り裂かれ
現れる女たちは
わたしの知らない時代の
お歯黒で
わたしのからだを振り払う
あの黒いかがやきが
微笑み襲いかかってくる
お前の蛇の身に
捲かされない強気が
わたしの潜めた命を絶つ
お歯黒は
姓についた金つけは
互いの呪文で弾けあって
金堀の里がなくなった

山師

さまよいながら
歩きつかれた足は棒となり
木に寄りかかりながら
探し求めて
山を張る
なんの勘も働かず
山を窺う
一つ目だけが
木を引き摺り
ここに一本足を立てている
山は虚空だ
わたしの探し求めてきたものなど
ありもしないつくりもので

嘘が
わたしを
血脈にしている
わたしの妖怪が
山になっている
山から
やってきたのは山本勘助
それはドラマではないか
画像から迫ってくる
片目神・アメノマヒトツノミコトが
金堀衆を導いた
わたしの
かけた山は
山を鋳る金銅もない空洞
そこから
掘り出した殻が
空
カラ　カラと
山を崩していく
画像から迫ってくる山勘は
一つ目の神となってわたしをじっと窺う
ああ、仕掛けられた山に
わたしは
まっ逆さまに落ちていく

間歩《まぶ》

坑道に
入った身は
動きが取れない
地中に
縛り付けられる
生きるには

貝殻に入れた油の灯りをたよりに
星に育てられた
鉱石を
タガネで
掘り出さねばならない
穴掘りの
大穴
掘り出した石は
地上に現れる
洞穴に生きる
わが身は
鉱石とつながり
人とつながる
掘り出し続けねばならない
掘り出さなければ
わが身と
岩盤と
灯りとタガネが
かち合わない
人として捨てられ
絶ちきられ
閉じ込められる
怖さは
無数の穴を作っていく
穴は
奈落の底　黄泉の大穴
生きながら
世に多くの地獄を知る
どんな地獄なのか
東北の恐山にある
金堀《きんぼり》地獄
岩場に火の玉が
今もあがっている

背

めじるしが
わたしの背中にある
振り向くが　そのめじるしが見えない
あの早馬の武将が背負っている
旗指物に百足がひるがえる
百足は甲斐の大将に駆け寄る使い番
正しく我らの一族だ
百足は地の坑道をつくり
金鉱を探し出し
金を取り出す
背に　間歩《まぶ》のあとが
鉱脈のあとがのこっている
いつの間にか

曲がったわたしの脊髄とあばら骨にも
一族のしるしがのこっている
百足は
毘沙門天の守り神
お前の授かっていたものを
地上に現し　旗をひるがえす
いまさら何を伝える
地中に通じるものが
地上の耳走りとなって
馬を走らせている
地上で　振り返っても
見えはしない
掘り出してきたものを
伝えようとしても　通じはしない
生き抜いてきた
骨が　ムカデとなって
地上に這い出してから

走り出してから
伝令が背にのしかかっている
もう間歩の金掘りは
滅亡している
わたしの背負うめじるしは
わたしで途絶えて
ひるがえっている

金谷

やっとたどりついた
谷から谷をくぐり抜けてきた
磐に立つわたしの足元は　まさに
航海を終えたかつての船首に象られている
〈みわたす野はかた野の……〉
おだやかな波がひろがっている
海の遥かかなたから
海原の
恐怖を
のり越え
わたってきた
磐船が
かた野の野につきだしている
この頂きで
わたしの
足元が竦む
ふらつくが　落ちることはない
死にいたることもない
巨大な絶壁の恐怖が
守り神としておののくわたしを
恐怖から祈るように
立たせる
船首なのだ

高天原から降り立つ
場が
巨大な船で
守られてきた
海原の向こうを
馬が駆け巡り
馬具の金具が響き渡る
金の未来が駆けてくる
時間のかなたに　吹く風は
埋没の遺物から
めざめる

石船山

計り知れない
有史の石ころ
流れる水
木々に覆われ
わたしは立っている
ものが
石として
虚空にそびえる
巨石
木々を乗り越える　それは
荒波を乗り越えてきた船首
やっとここまでたどり着いた
あかしとして
いま　ここにある
あの海から助けられ　救われてきた
その向こうにあるものとして
崇めることのできる
わたしのものが
ものとして

見ることが
名づけることが
見えてくる
感じてくる
あるものの　あることが
わたしの　あるものを
この空間に創りあげる
ものをつくる
弓矢をつくる
弓矢を放つ
生き抜くため
災いの猛威を断ち切る
もののふの鉄のやじり作り

天降《あまくだ》る

遠くまで
昇ってきたみちすじを
いつのまにか　背にしてひっぱってきた
川の流れとともに龍となって
わたしはここまでやってきた
天の川から
見上げるこの絶壁は
この大岩は　なんだ
近くで見る
この壁の向こうのいただきは
哮《たける》が峰《みね》　ニギハヤヒノミコト
このむこうの　そのむこうの空から
はるか遠い葦原中国《あしはらなかつくに》から

やってきた
天のいただきだ
なんのために
お前たちは
石を切り出し　持ち運んだのだ
残骸の絶壁は　大岩となって曝《さら》け出しているが
絶壁には　神々のお姿やお顔が浮かび出ている
壁からひとりの男がやってくる
石切り場で鑿を打ち続けた　あの片目の男が……
いや　違う　ここにおられるのは
わたしの眼にしたものは　間違いなく
一つ目片足のアメノマヒトツノカミ
鍛冶の神だ
おもわず手を合わす
大岩は　まさに隕鉄ではないか
壊してきたものの壁は
ロッククライミングではないぞ

若い男も　女も　のぼるんじゃない
はいあがるんじゃない　そんな手で触るな
天からやってきた
もののべの
神聖ないただきものではないか
絶壁は　鍛冶の恐ろしい
火を放っている

星

水の流れが少なく
山上から見れば　白砂が蛇行している
大蛇が巻き込んだものが光っている
天の川
モノノベがこの川を上ってきた
元禄の旅人は　石ころだらけの流れを

星にみたてた
あのモノノべはどこへ行った
鉄穴《かな》山は崩れたのか
磐船が　哮が峰が　大岩が
多くのお社の祭神が
ニギハヤヒノミコトから　住吉四神となり
モノノべはいつのまにか　消えていた
星が　石となって流れている
わたしは素足になって天の川に入る
石ころは　足裏にくっついてくる
わたしの足裏にある磁石が
血となってくっついてくる
くっついてくるのは石ではない
誰かによって石に摩《す》り替《か》えられた
石と石の硲《はざま》にある　川底の砂なのだ
川砂《さ》鉄《てつ》が星なのだ
星は限りなく堆積している

わたしの足裏にある石に隠されてはならない
鉄穴《かんな》流しで　今生きる　わたしを
掬い上げるのだ
お前の子孫として遺していける
これが星とのつながり
さあ掬おう
この藤の蔓で編んだ〈ざる〉で採りだそう
川底から
それがお前とのつながり
忘れ去られた磁石が　一瞬蘇る
そして砂から消えていく
石ころだけが
天の光りを浴びている

宗円ころり

瀧から
その上を登る梯子坂《はしご》
険しく分け入る草むらに
蛇をこわがる
わたしは
地獄谷へと向かう
かつて宗円が小松寺に通っていた
信心深い宗円は
ころんで谷に落ちてしまった
危なく助かったが
首に吊るした地蔵が身代わりに壊れ
地獄谷には
三つに折れた石地蔵が倒れていたという

その地蔵は　今は　なくなっている
わたしが
向かう廃小松寺跡は
平安のころ　荒山と呼ばれていた
あの二荒山と同じ荒山の頂の
朝日が差すところに鉄鐸《てったく》が埋められている
二荒の神　日光の荒山
正月には
金の鳥が鳴くという
通い続けるわたしの荒山は
だれひとり　訪れることのない
わたしだけの拠りどころ
荒山は　わたしの光山
鉄鐸を掘り出すわたしは
何も見出せず　思い過ごしは
どん底に落ち込んでいく
落ち込んだ地獄谷で

真っ赤な顔の宗猿になって喚いている
傷ついたこころのひびには
身代わりの石地蔵もない
砕けた石にわたしの金《かな》を摑んで
ころころと
ひとつ　ふたつ　みつと
転がっていく

夜刀神《やとのかみ》

急な坂道を
下りながら　浅間堂《せんげん》の池を見る
ここには三つの池があった
深い谷が　水を貯えていた
水面に映る広さに
稲の領分をみる
谷を
山の領域として
池の築造に無数の蛇がやってきた
山と人との境に
木に絡みついた畏敬の姿で
蛇の木が立ちはだかっていた

木が
伐採され　山深い霊気は
お払いで鎮められ
谷は　セメントで固められた
この壁が
あの大日如来像を祀っていたお堂の奥だったのか
残ったひとつの池は　稲の領分を失ってしまった
家が立ち並ぶ
家は
山と池の邪気を払い除けてしまった

領域を守る蛇は　払われてしまった
稲縄も編まず
祀らず　お堂も消えてしまった
池には　まだ葦が生えている
刈っても　刈っても生え続けている
そのうち石垣の護岸になっても
家で埋め立てられても　葦とともに
わたしだけは　この地の蛇となって
絡み付いていく

脱皮

わたしの
カラを破らないかぎり
わたしはうまれない
うまれかわろうと
眠られぬ夜を
幾度も寝返る
起き上がる
朝
うまれかわれないわたしが
巳さんにからまれている
どこから　どのようにしてやってきたのか
毒をもつ蝮は
年老いた男の壺にある
蝮を砕いた骨が
わたしの弱いからだにいいと
母が
オブラートに包んで飲ませた
わたしのからだは
大人へと
かわっていった
ひとかわ剝けていった

カラは　またカラをつくって
わたしが　わたしを包んでいる
水神の巳さんよ
包まれたからだに
からみついて
わたしの
巳さんは
どこにも受け継がれず
カラに閉じ込められている
からだを求め合い　抱き合うが
わたしが生み出せない
カラを破れない　巳の
性がある

登龍之瀧

瀧だった。
磐の絶壁には
龍も水もなかった
瀧でない
涸れ果てた磐を
木漏れ日が
空と結んでいた
ここは　村の
人間の
神聖な場として
守られてきた
森の中
木々の姿は

龍のように
蛇のように
ここじゃ
ここじゃと
伸びている
死んじゃ　いないぞ
ここじゃ　あそこじゃ
じゃは　脱皮しながら
生きている
水源を涸らした
大きな胴体が
瀧からのぼる
空への道が
ここにある
ここじゃという気が
湧き出て
わたしまでが
木のように
じゃになっている
水よ　蘇れ
龍よ　目覚めろ
じゃの未知は
永遠の虹を
つくる

地下下《じげげ》

ジゲは
ここかと　尋ねられて
ここだとは　いえなかった
地下は
地元というだけのことで
わたしにはなんの呼び名もない

だれにも分からない土着民だ

山から下ったところを山下《サゲ》という
山下からも地下下からも弥生の遺物が出土する
拂底《ぼって》の山から
拂底《ぼって》の谷から
山の高さと谷の深さを払う
その下ったところで
人は生き抜いてきた
古代の底
血が、肉が、骨が
眠っている

源氏一統の
屋敷跡として伝えられる
地下下に星田氏という武士がいた
大坂城で千姫の取次役であった
落城のおり　脱出して
千姫と江戸に帰ったという
地下下に
屋敷跡は見られない
ただ車の行きかう道路に
わたしは突っ立っている
いつぶち当たるか
つぶされるか　わからない
わたしのからだ
血も、肉も、骨も
地下とは繋がらない
摑む土さえ見つからず
お前は
ジゲの者か　と　問われる
余所者を感じる
地下下と
関わることのできない

地下者になっている

泣き石

水の流れが
河床の石ころとひびきあう
滝からの　水音をいっぱい聴き入れた
大きな石が川沿いにふたつ並んでいる
ひとつは源氏姫で　もうひとつは弟の梅千代
ひめられた悲話を物語ろうとしているが
誰も聴き入る者もなく
化石になっている
大蛇《おろち》山に住む女山賊の
手下がふたりをかどわかし
女頭《かしら》に差し出した
弟は死に絶えていた

姫は　女頭を刺した
死に際に　女頭が
ふたりの生き別れた実母だとわかる
母を刺し殺してしまった姫は
源氏の滝つぼに身を投げた
呪われている
親が子を殺し　子が親を殺す
泣き声を聴き入れ　大きなトグロを巻く
夜泣き石となった
泣き声が
川の石ころから聞こえてくる
石を抱きかかえ
わたしは聴き入る
わたしの親殺し　わたしの子殺し
わたしの妻殺し
流れる血の川は　石とひびきあう
音を失い　聴き入る耳もない

呪われたこの世でも
親が子を殺し　子が親を殺している
石の泣き声も嘆きも聴こえはしない
聴こう　その声を　その石を
投げつけた滝つぼから
嘆きは流れていく　石とぶちあたりながら
ひびくのだ　絶ちきってはならない
この川の流れに泣き叫ぶのだ
自分殺しの血脈が　絶縁してしまう
たましいのみえない塊を
抱き込んだ夜泣き石に
そっと遺しておく

瓢簞《ひょうたん》

生身は
胸と下半身が膨れ上がっている
それぞれの思いが肥満となっている
お前のからだに含まれている
そのなかみを
すっからかんに抜き取らねばならない
みずから　腐らし
みずから　吐き出さねばならない
悪臭が出て
表皮がめくれ　内部の果実が
ヘドロとなって
果肉と種子が吐き出されていく
無数の種子は
また　どこかの土壌で育っていく
果肉の臭いと嫌悪感は
また　どこかへ消え去っていく
何もかも
すっからかんにならねばならない

そこから
乾かなければならない
乾いた空は　みずから浮いていく
淀川の氾濫に放り投げ
浮くか　沈むかで
川神がいるか　いないかを
懸けた
生贄　人柱の生身を放り投げても
そのからだは
氾濫から浮き上がらない
お前の存在をしめすには
思いを空にするのだ
突き出た口から
おもい生身の
すべてを無にした
空のからだ
ひょうひょうと川の流れに
浮かんでいく

生駒《いこま》

馬と
人が海から渡ってきた
かつては海辺だったという
この地で
穢れを払い潔斎の身で
馬とともに生きてきた
馬の病や災いを
人も　馬も　土に象って
川に流していく
洗い流さねば
いのちが侵されていく
土馬の足を打ち砕き

災いの猛威を断ち切り
水に流していく
大量の薬剤でもない
消毒液でもない
穢れを落とさねばならない
祭壇に
生贄の馬の頭が捧げられる
土中に
病を食い止める祈りが埋まっている
生きものから生きものへ
悪霊は　移ってゆく
掘り出された木製の鳥は
空から何を運んできた
馬飼いを忘れてしまった
今
悪霊は　生きものからヒトへ
ヒトからヒトへ　移ってゆく

ウイルスが
巫女の契った
命をつないでいる
ヒトからヒトへの生贄
消毒液ではない
病原体の穢れを拭う
この祭事に
お前を捧げよ。

草塔

車販売店の
二階仕組みの駐車場は
アスファルトを敷いている
中央に螺旋階段が設けられている。
そこに

白い玉石を敷いた
畳み一枚の広さが石で囲われ
小さな石庭と見立てている。
かつて
このあたりは一面の水田だった
水田の中央に畳み一枚ほどの広さが
耕さないまま草が生えていた
耕してはならない
手を加えてはならない
この空間は
触ればバチがあたる　腹痛がおこる
というだけで守られてきた。
ここをどう呼べばいいのか
だれも知らない。
鳥羽伏見の戦いか
いや、南北朝の戦いか
負傷した大将を葬った

土饅頭《どまんじゅう》の墓か
あとの難を恐れて
だれも語らない　だれも探らない。
たったこれだけの空間を
なにがゆえに守られてきた
正月には鏡餅を供える持ち主は
水田を車販売店に売却した。
新しい持ち主も　ここだけは触らず
玉石を敷いた空間にしている。
何とも呼ばず　名づけもせず　場所だけがある
名がつくと　その思いがついてくる
知らない　語らない
空間が　今も残っている。
玉石の間から
あの、かつての雑草が
また、顔を出すだろう。

もののふ

弓をとって
わたしは　弦を鳴らす
ひびく音は
おおものをひきよせる
とぐろを巻く山の神
呪文
神事は
おおものの剣を
このわたしの刀にのり移らせる
もののべが
かかわる
呪文
刀をもって

いきりたたせる
おおものの　ものを
うけついだものの
なんの力もなく　武器もない
ときが
あけわたす
大きな音がなりひびくと
消されていく
ものいう
手のふるえが
ものをかかせないで
ペンをすてる
紙は　そのまま
まっしろになって
とんでしまう
固まった面にむかって
ものをたたく

真っ白い面に
ぱっぱっと現れる
ものの
たたかう刀を
手の指で
かみをもとめて
弓の弦を
鳴らす

幸

土に混じって
聖霊が地になっている
土を掘り返せば地は生き返ってくる
親の遺した休耕田に
しつこく蔓延《はびこ》るお前たち、這い上がろうとすれば
土から立ち上がる一本足の蛇が現れてきた
今　脱皮した亡骸が一面を蓋っている
冬眠の根は
手におえない蛇の地になっている

わたしの血は
どこからどこへ蔓延っていく
鍬を入れないかぎり
固まってしまう
畦に囲まれた　この形
水をひっぱって
洗うことは
どろまみれになること
泥とともに働いてきた
蛇気に
わたしが　嵌めている手袋を　穿いている靴を
纏わりついている衣服を脱ぎ

泥をかぶれ
土まみれになって
土をさかさにして
両手でつかめ
土と逆さ土が結ばれる
つちとつちの
さかさのなかで
泥かぶりのわたしを包んでくれる
さあ
土に入れ
生むことも　つなぐこともできる
地をつくれ　祭りだ　泥かぶりの祭りだ
わたしの血はあすへと
わたしを産み続ける
田となる

水が……

水が遠くまで引っ張られて
水田を護っている
どの田にも水を満たしていく道すじが
いつまでも続くように憶えている
水田を乾かしてしまったわたしは
鍬を立てながら佇む
わたしの足元に迫ってくる
水は　わたしに
どうする　と　問いかけながら
今ならまだ稲作のできることをさとしている
水田を導く池の水は
稲を育てることを忘れてはいない
忘れているのは　引き継がなかった

親の願い
子どもの幸は土から離すことだった
ほし田に流れてくる
この水を断ち切ることはやはりできない
ここから次の田へと水は流れて行こうとする
その記憶をわたしの手で遮ることはできない
どうしても送らねばならない
流れやすく
鍬を使わねばならない
このほし田を放棄できない
この田も水の来るのを憶えている
何年も　何十年も　何百年も
水の憶えている流れを
迷わせては
断ち切っては
畦の用水路に鍬を入れて
わたしは水から耕そうとする
耕すわたしの水は
どうしてもここで止まってしまう
ほし田は憮然として
草むらで覆い
吸い込んできた土のまま
未来に水耕の跡を遺していく

川尻池

泳いでいるのか
朦朧としたなかで
探し求める　足の裏に
触るものは　鉄鉱か
池の中でもがいている
ここは池だったといわれる
跡地に立ち尽くすわたしは

池の主に引っ張られ
河太郎《ガタロ》〈河童〉に尻の穴から
生き血を抜き取られ
ふらふらと
弥生の水底にはまり込んでいる
水底の土のなかから
鉄分を探り当てようとしている
川しもでは
この池で水を溜め
水田へと注ぐ
葦原と共に
稲穂が輝き　土中に鉄分を作る
田畑を手放した村人が
池も　水も　土も　河太郎も
埋めてしまった川尻池
埋め尽くされた田畑に移転してきた
製鉄の溶鉱炉が燃えたぎっている

弥生から繋いできた
土に触れず
機械の上に腰掛けて
田植えをし　稲刈りをする
耕耘機で土を上に下にとこねている
土の上と下を結びつける　幸が
土を遠ざけている
川尻池跡の主・河太郎は
わたしを引っ張り込み
朦朧とした土のなかに沈め
ありもしない鉄屑を拾い集める
河太郎〈ガタロ〉に
化かしている

乾

乾は　天である
速やかに成就をねがう
日　星　三日月を象り
「乾元亨利《げんこうり》貞《てい》」と
彫られた万治の石碑がある
わが星田《ほしだ》を〈乾田〉
乾（天）の田
「ほした」という
日が昇り
草の芽が生える
乾は
おまえには耕せない田
鍬をもって掘らねばならない

おまえは
カラッと乾かす天をねがう
草を生やし　伸び放題の草を
刈り取り　刈り取り
生えてくる
乾に
鍬を捨て　耕さないまま
掘り起こせないまま
何も植えつけないまま
乾は雨となって
田は乾き切らず
わたしに涸れない田を与える
水を切れ
土を切れ
陰の田を晒す
乾田（かんでん）じゃない
カンデンは〈神出来《かんでら》〉となる

乾きは
わたしを捨てない
天にならない
乾
地の坤が
わたしを生殺し
速やかな成就は果たせず
この地にカラッと晴れた
空をみる

敬虔

田畑が迎える
父たちがわたしを招いている
鍬をもって　頭を下げて　足を踏み入れる
草が一面に生えている
畦の囲む領域で　もう地まつりはできない
水を引く領域はなくなっている
このわたしに何ができる
村人は　どこをさがしても見当たらない
父たちの村人は
川さらえで一緒に草を刈り
水路の泥上げをし　どの田にも水を引き
神開き〈さびらき〉をする
一斉に苗の植え付けをする
村人は誰一人としていない
鍬を持って　入り込んで
田の領域を知らないものが荒らしまわる
何をしている
ここはお前たちの場ではない
まわりをうろついても
父たちがやってきた神事の水田など
わかりはしない

水をひくこともできやしない
畦を護ることもできやしない
土を耕すこともできやしない
お前たちのやっているまやかしは
田んぼの神聖なまつりごとではない
田という境界で拒絶されている
父たちの村人がずっと護ってきたものは
もう眠ってしまっている
苗を植えつけない水田には
雑草が生えている
かつての土への祈りもない
黄金の稲穂は　放され
除草剤を撒いている
もうだれが耕しても受け継ぐことはない
あの村人の手からは離れている

乾田

稲作から雑草が伸びている
草根をひっくりかえせば
土があらわれる
親たちの耕した
土がのこされている
雑草の下に
稲作を憶えている土がある
広大な土が
重々しく　しっかり遺されている
お前のからだで
被さっている　この蔓延ったものを取り除け
親たちの作ってきたものを
どうして受け継ぐことができないのか

星田を耕してきた
先祖の稲作ではないか
生き返るものが　まだ根の下の
お前の足元にある
土を我武者羅に掘り起こし
土を手にしながら
その土に稲でなく
木を植えつけようと
より深くスコップを立てれば
また固い地盤にお前は突き当たる
思わずここから
また違う地層の記憶がある
すべてを蓋っている
その土を払えば
次の人たちの土器の破片が現われる
そのまた深いサヌカイトの砕片が
わたしの手で蘇る

はるかな掘り出した土を盛り上げる
はるかな土には
これから蘇る千古の深さがある
遠くの宙に　植えつける
憶える土にも　それを覆う土にも
わたしのもっている
今がある

詩集『畦放《あはなち》』（二〇一三年）全篇

鉄則

おもいな
いつから
からだのなかに
石がたまってきたのか
石が鉄の塊となったのか
からだの芯にある
かたまりに
土と鬼がいる
その養分にのっとって
わたしのいのちがある
燃えあがらせれば
溶かす鬼が煮え立って
なお赤々と昂揚する
先代から絶ちきれない
わたしのさだめがある
わたしのからだから
ながれる火
鬼の鍬をもって
土に向かうか
鬼の武器をもって
人に向かうか
鬼は云う
わたしの魂は
どのようなものになっても
ものをいう
ものとものが
おきてをやぶれば
わたしは黒縄に縛られ
火あぶりの刑

鉄鉱床から噴き出す
岩石と火山性ガス
金堀《きんぼり》地獄の
鉄山を背負う

私部《きさべ》の鐵《てつ》

産鉄のないこの地
もののべのモノが稲作をはじめる
土を耕し　開墾して行く
木製でない新しい鉄器の鋤《すき》、鍬《くわ》……
鋭利に土を掘り起こし
みるみるうちに田をつくっていく
天の川に沿って水田ができていく
一番良い田には
后《きさき》のための稲づくり

私部《きさいべ》がモノをつかって働いている
〈きさき〉は〈私〉〈私〉は〈きさき〉
イネを抱える〈私〉は〈きさき〉
〈きさき〉の私有民　屯倉《みやけ》にコメを積み上げる
田を耕やす　その手にしたモノは
遠く海からもってきた　鉄の素材・鉄鋌《ねりがね》
鍛冶《かじ》工房が　倭鍛冶《やまとのかむち》も　韓鍛冶《からのかむち》も　羽口《はぐち》からの風
炉の火が燃え滾る　鉄を打つ音が鳴り響く
もののべのモノは　鎌をつくり　鍬をつくる
ものをつくる　ものをもつ　ものがひとをうごか
す
ものをおさえ　ひとをおさえ　抱え込む
ものをもってひとをうごかす
ものを貸し与え　はたらかせる
ものをおさめるものは
ものによって　おのれのちからをあらわす
古墳に葬るお棺の側にある副槨《かく》に

大量の鉄器が　われ王なりとモノが誇示している
武器のその下に　出てくる　出てくる鋤、鍬、鎌の農具
刀子《とうす》、鑿《のみ》、斧の大工道具も出てくる
わたしのものにするため　はたらくもの　たたかうもの
もののモノを手にするもののべは
もののふとなって
ものとひとをたばねて抱えている
モノの力を失ったもののべ　この地から消滅していく
わたしの前にある田は干上がる
手足となる最新の農機具のないものは
からだに鍬や鏃《やじり》をもちながら
ものにならないモノを失っていく

登美

天降った哮《たける》が峰《みね》から
鳥見白庭へとたどりつく
この地を治めていたナガスネヒコを服従させ
そこに御幣をたてる
持ち込んだ神宝《かんだから》の畏怖がこの地を奪われていく
ヤマトを治めていた土豪
新しい神を呼んではならない
先祖からつくりあげてきた地
棒を打ち込んで所有する
おきてやぶりの串刺《くしざし》
鉄の剣を崇めてしまい
ニギハヤヒの妃にわが妹トミヤビメと結ぶ

ヤマトにまた天神の子が攻めてくる
金色の鵄《とび》が飛んできて神武の弓矢にとまる
その光がまぶしく戦えず負けてしまう
金のトビがトミとなり
鳥見になる
地
金の光に眩み
神武を崇め奉らねばならない
神の子を呼んでしまうナガスネヒコ
妹の次の子と結ぶ
また御幣を立てれば
その神が支配してしまう
神とのいさかいが
妹と結んだニギハヤヒの子に殺され
滅亡へとみちびく
領地に杭を刺した
騙し取った地に　おのれの御幣を立てれば
天つ神のおきてがある
この地を治めても
いつか追い出されていく
高天原《たかまがはら》から
〈神逐《かむやら》ひ〉された
地上の迷走が未だにつづく
地の威霊
いつまでも　今の
われわれに科せられていく

時の砂

北から南へ
流れる川は天の川
天から磐船がやってきた
もののべの伝承は　川原の砂とともに

時の穴から落ち続けて古代に入っていった
蓋いかぶせた現代が　土を掘り返したとき
砂の時間が解かれていく
鍛冶が坂のわたしは待っていた
いつか、わたしの生きているこの地から出現する
　ことを
掘って　掘って　掘り出された鍛冶炉
鉄塊や鉄滓《てつかす》と送風管の羽口がわたしの眼前にある
弥生の砂から時が洗い落とされ　陳列されている
恐る恐るふれてみる
おまえの燃え上がる炎は
赤々とつつまれた鉄は
鍛冶工人のつくった　馬具は　農具は
掌についた砂とともに羽口の欠片におもいきり風
　を送った
わたしの風は　わたしだ　わたしだという息込み
　で
殻から覗き込む　鉄の跡はなく
時の砂が囲い込み
その永遠の時を過ごしている
わたしのふれた現代の手でまた砂となって落ちて
　いく
時空の超えたものはわたしの手からは消えている
羽口とあらわれた炉が
あちらこちらと　その火が　日とともに　燃え立
　つ
赤ら顔がある
欠けた羽口にわたしの息を
おもいきり吹きかけている　はかりしれないが
わたしからはかけ離れている
今の息を吹きかける　わたしは
火の勢いを生き返らせようとしても
ここに現れたものは　あの覆われたアスファルト
　だ

もう掘り出されることもなく
あの時空とは切り離されてしまった
照明が　時の金銀砂子で今をかがやかせる
時は　土の欠片で固まっている
あの砂ではない　この砂でもない
弥生の砂はもう消えている

甲冑

古墳の棺外から掘り出された
カブトをみると　錆びた鉄の鉢に入っているもの
　がある
じっと見つめながら　頭を押し込んで　被ってみ
　ると
これでもか　これでもかと　硬さゆえにガンガン
　と
たたいてくる大きなチカラに　被った頭は破裂し
　て
わたしの目も口も鼻も耳もつぶれてしまった
硬い鉄を被って　時代のくぼみにあるのは
錆び付いた空洞
ヨロイも古墳の空洞を鉄で囲っている
守るものが　戦うものとして殺し合う
滅びの永遠が土に葬られている
傍には鉄の剣や　刀や　槍や　鏃が
大量に納められている
棺内の王から武器を手渡された者たちの
ことばは　さけび声は　鉄の錆びにこびり付いて
　いる
チカラというものが
この土のなかに　うめられている
その鉄を貫く
鋭い刃は　矢の先は　身を刺す　身を守る

チカラを奪う　チカラを守る
鉄と　鉄の衝突　ヨロイの心臓がバクハツする
安らかな眠りではない武器が潜んでいる
埴輪に囲まれ　脅威がつみあがり
古墳のひろがりが固まっている
石から　鉄の強さに
よわい　もろいおのれの身がくずれおちている
それを覆うものが強ければ強いほど
それを支える
チカラが支えられなくなっていく
甲冑の中身　ただの腐敗の錆だけが
手にふれればいまにも崩れていく
空葬がバクハツしていく
そんな音が今でも聞こえてくる
その鉄に囲まれた武装から
わたしの付けていない
ヨロイカブトの空葬がある

ゆ

鉄のとけた
〈ゆ〉は自由に
土のカタに嵌って流れていく
真っ赤に熱された
鉄の湯
煮え立つ〈ゆ〉が
わたしのからだに入り込んでいく
おまえが
わたしのからだにかたまっていく
わたしが〈ゆ〉のかたちになって
剝がれていく
〈ゆ〉のいうままになる
そのものは

熱せられても
さまされても
かわらないものになって
つかわれていく

ものが
鉄が
高度な火によって
やわらかくならないかぎり
もとの〈ゆ〉にはもどれない
水の〈ゆ〉であれば
土のカタにかたまらず
ものにならないで
ゆ気をあげながら
とけていく
わたしのからだに
おまえは
どう沁み込んでいく
〈ゆ〉は
見当たらない
ものになっていく
おまえは〈ゆ〉になりながら
かたちあるものにならないで
ゆ気はあがっていく

ひの火

もえる火
かこっている炉
土は炎を護っている
粘土のあいだを鉄の湯が流れていく
湯に負けない土の強さ
硬くかこった鉄も

柔らかく溶ける融点でたえている
熱さが舐められても溶けない限界で
たえる　そのちから
湯の高熱は知っている
煮え立つ湯にならないところで
火は芯をとらえる
土を燃やすのではなく
鉄を燃やすのではなく
沸騰させないで焼き上げることが
その芯を強くきたえあげる
焼きを入れては　鉄が真っ赤な鉄を
金敷にのせてなんども叩きつける
鉄の強さ
火球が　湯玉がとびだす
わたしのからだは焼かれていく
鉄のからだ　土のからだ
そのホネをのこす

火を吐く勢いに
非をみとめない
わたしに
火になんど突き出されても
非破り
火を見る
そんな焼き方がわたしをのこす
湯になって流れ
わたしのうつわはできる
叩かれた鉄　叩かれた土
鉄器や土器は強い火に煽られながら
燃える火はわたしの火をのこす

ひの子

火の粉が舞い上がり

わたしにふりかかってくる
払いのけることもできないで
わたしのからだに襲いかかってくる
火の応酬に
火を抱えながら燃え上がる勢いは
もうわたしにはなくなっている
火の神をうむのをかつて見てしまった
火
その焼けただれたところから
糞尿が土と水になってうまれてきた
嘔吐する
鉄のとろける湯から
ひのかたちができあがってきた
カミガミは火からうみ出している
わたしのひは
ひにかえっても　ひにもどれない
ひはかさなって　ひをかたちづくる

ひの壺を蓋しても
また燃え上がってくる
ひのひなる性《さが》
もとのところにはもどれない
わたしのサガは負の連鎖が
ふの子をうみだしている
バクハツからうみ出された
ふるさとを追い出され　さ迷い続ける
おまえの顔は真っ赤ではないか
怖い　醜い顔は　ひの罪が焼きついている
ふの子が
火の粉をあびている
今の人は魔よけというが
この鬼の顔に
あの見てしまった
火が赤々とこの世の地に映し出している
陽の子が火を噴出し

ひの子がうみ出された
わたしはただのヒナにすぎない
陰火のひは燃え上がらない
ひにすぎない

ひのみこと

かつての水田は
葦原になり無数の剣が伸びている
わたしは足を踏み入れ
刈払機の刃をふりまわし
葦原を刈っていく
葦は　葦の剣で　葦を倒していく
水が　水を流していくように
水田は　稲を葦で刈り取られていく
葦の根は　稲の根株にかわっている

刈り払われた葦は　日に照らされている
枯れた葦に火をつけると
風が吹く
忽ち　火は　火をつけていく
白い煙になれば　どこからか
鞴の風がやってくる
やがて火は　火を消していく
高天原からやってきた
あの稲の根にある褐鉄鉱のスズかと
うたがう　葦の灰
田の鉱山がひろがっている
ここは　あの黄金色の稲穂が輝いていた
地にはスズが生っていた
わたしは　今　葦原に火をつけ
親や　先祖と　決別する
儀式をしている
黄金色の褪せた藁も

整然と並んだ根株も
私は無くした
埋祭された銅鐸の祈念も
火のあがった　あと地にも
わたしは　断ち切られた
わたしは　亡くなっていく
わたしは　わたしの送り火に
火をつけている
燃え上がる火に
日は　かつての水田に
葦を生やしていく

奈良井

ならしといわれ
稲作のできるようにならされた
奈良井や奈良田
土の層を掘り起こしていけば
時代とともに
目を覚ましていく
そこに古代河内湖が見えてくる
塩を焼く小さな壺
そこにも　ここにも出てくる
製塩跡から
馬の骨　馬の歯も出てくる
生贄の馬の首
土の小さな壺　人形　馬形
馬飼いの祭祀の跡

ここから
馬の牧が
水と牧草のゆたかな楠葉牧へ
ときの権力者へ

河内馬飼《かわちうまかい》とともにうつっていく
そこに馬具の金工を伝えたか
草を食べる馬に
両手いっぱいの塩を与える
いななく馬
お前を探る
そこに馬具の金工を
どこで　どのように伝えたか
出土した鉄製の轡《くつわ》
一体分の馬の骨格
探れば深く埋もれていく
遠くの海
海も塩も馬もならし
稲田になる
また　掘り起こされた
馬
遺構からぬきとり
稲田も　土もないように
ならしている

馬

馬がやってきた
馬をつれてきた
人たちが
遠い海から渡ってきた
〈倭国に牛馬なし〉が
はじめて馬がやってきた

人は鞍をつけ
馬に乗って
あちらこちら
気勢をあげ

いくさに走る

人と馬が渡って来た
石鏃でない鋭い武器をもった
人たちを乗せてどうする
馬を走らせ
遠くの動きを知ってどうする

馬のあとに
牛がやってきた
牛は田で働くみんなのもの
みんなの牛には　人は乗らない
みんなの牛には　鞍と武器はいらない
田へいって土を耕す
働く農具をもって
みんなで稲作をする
牛をひいて荷をはこぶ

田んぼには
人を乗せて
武器をもって
走る馬はいらない

さびらき

土が
空へ　地下へと育っていく
のびていく土と土が　うえとさかさに
結びついてできている
幸。
稲の
のびゆく力は
たねから苗　苗から稲穂へと
土とともに生気がみなぎっている

水田に植えつけた
苗とともに
この地に
お前もたつがよい
そのからだに感じる
あびた光は
気が　地へ　空へと
のびていく

ひかりは日
いっぱいあびる日
日。日。日。
晶となって　土がひきあう
星。
宙とともに生きている

ねがいは

木と木を組みあわせた
土の壁に藁を覆って灯りを点した
幸が構築されているが
土からも木からも精気は消えている
寝転がるお前に　植えつけたものは
日の光とは牽き合わない
人は地上に灯りを点け　土に覆いを被せた
光は照り返され　のびゆく
幸の土は　どこにある。
苗が黄金色に育ち　米となる
空の気は　土の気は　人の手で
しめてしまった

土

畝ができた

細い鉄の棒を突きさすと
固い地層にあたる　力をふりしぼって
そこを突きぬかねば
わたしの位置が定まらない
定まらないので
ぐらつく棒の先を　両手で握る
額を当てて　繋がるのか
棒を握ったまま
わたしは　まわりはじめた
目を瞑ってまわれ　まわれ　ぐるぐるまわれ
わたしは
どこかへ飛んでいく
鉄の棒とともに
それは大空か　山の頂か　それとも
地層にひきこまれていくのか
どんどんまわれ
耕してきた畝の土は
親父たちの土で
稲がたっていた
稲のそこは
深い計り知れない粘土層
炉が　わたしとつながっていく
まわれ　まわれ　土が深まるように
わたしの棒は　鍬をつくる釜土　鉧《けら》の塊が
無音に響く
隕石は
確かに落ちたのだ
それは　確かなのだ
わたしは
そこへ飛んできた　飛んできて
手を離す鉄の棒から　走らねばならない
次のものへ　わたしの子孫へ……
子はどこにいる
ふらつきながら　眩む　足取り

乱した畝を立て直し　種も蒔かず
鉄の棒を突きさし
わたしは土となる

のう作業

田にはいる
もう水田ではない
草がいちめんに生えている
わたしの手で田起こしはできない
〈農〉という字は　鎌で草を刈るという
〈辰〉は貝殻でつくった草を刈る道具であると
　いう
土は草を生やす
農作業は
草刈りからはじめねばならない
草を刈らねば　草をとらねば　耕作はできない
腰をおとし　鎌で草を刈りとる
田畑を這い蹲らねばならない
わたしは辛い姿勢にたえられず
土から腰を上げる
土にふれないで　土から立ち上がる
手には鍬ではなく除草機
くるくる刃がまわる　まわる
草は勢いよく　刈られていく
ぐるぐるまわって　まわって
まわりながら
耕作しないわたしはからまわり
まわって　ふりまわされていく
田は　田でなくなり　草はかれていく
田はかれていく　かれて　草は蔓延っていく
となりの田は
除草剤が撒かれたのか

草はかれている　根もかれている
かれてはいるが　かれても
また新しく草は生えてくる
〈辰〉の草刈りは　はるかに遠い
〈辰〉は日・月・星のひかり　土をそだてる
〈辰〉は雨を降らせ　土をこやす
田から立ち上がって
手から　足から　からだから
はたらく
土との　草との辛さが遠のいて
立ち上がる人間は　噴霧器で農薬を撒いていく
耕耘機が動き回っている
どんな土になっても　こわい土になっても
草は生えてくる　かれても生えてくる
そして　進化した土から　草から
ひとは刈りとられ　涸れていく

土壌

稲刈りあと
雑草を生やしたまま休耕田になった
一年が過ぎ　どう扱えばよいかわからず
草を刈り取った
畝を作ろうと備中鍬を入れても
土は草の根っこでわたしの力には及ばず
土を覆う甲で跳ね退けられる
振り下ろす鍬で思い切り土を起こす
よろけながらわたしの腰は砕けていく
根っこの底には
親父たちの耕作してきた土がある
荒起こしの土から
わたしが手にすることのできない

土の粒子が気となって盛り上がっている
芽が出る　なにかが育つ
土なのだ
わたしの手にした土は　わたしの土ではない
もう親父たちの土でもなかった
耕耘機を使えば
こんな荒地　わずかな時間で
土を起こし　畝もできる
自在にならすこともできる
わたしの鍬が土に挑んでも
先祖たちの耕してきた
受け入れられないものが土に潜んでいる
わたしの土作りが
親父たちの作ってきた土と
鍬で砕いても　ならしても
土から土へと　植えつけても
芽を
根を
育てることはできない
土になってしまっている
わずかな土起こしは
雑草の蓋をそっと開けたにすぎない
広い田に備中鍬を持ちながら
わたしは金縛りになっている

畦放《あはなち》

水田は一面雑草に覆われている
農作業をするものはだれもいない
米作りを放棄してしまった
米作りをしなくても
田んぼは放置できない
畦だけは受け継いでいかねばならない

畦の放棄は　神代からのおきて破り
何度も　くりかえし　草を刈る
田と田の境界を侵さないように
お互い　草を刈る　生えては　草を刈る
草の根は保持しなければならない
根が畦の崩れを防護している
土をのせ　土をかため　草を生やし　草を刈る
水を囲う畦を壊さないように護ってきた
計り知れない年月　幾世代がつながっている
水路を埋めてもならない　樋を壊してもならない
水のながれを　わが田の畦で邪魔をしてはならな
い
耕作するものの畦
狭い畦は道路ではない　耕作者同士で管理する道
　なのだ
稲作の始まる頃から壊してはならない
守りごと　やぶれば村を放り出される

田んぼでしてはならないことなど
もう　だれも知らない　語らない　時がきた
畦を歩くひとが　犬と散歩するひとが……
ここは道ではない　と叫べば
若者は　だれにむかって言っている
ここを歩いてなにが悪い
若者よ　怒鳴ったわたしが悪かったのか
悪かったらあやまろう　すまなかった
もう　なにも知らなくていい
もう　なにもかも変わってしまったのだ
農の　水田の　放置は荒らされていく
畦は注連縄《しめなわ》
もう　それはとりはずされ　切れてしまった
田は汚されていく　田は遺跡のように埋まってい
く
有刺鉄線でも巡らし　逃げるしかない
壊した水田の雑草のなかで

鎌をもつ手は　刈っても　刈っても追いつかない
抜け出せない　うらぎりもののわたしは
まだここにいる

頻蒔《しきまき》

ここは水田
もう稲作する手はない
手を拱いている
畦を放ち　田のさかいをおかしている
水を引く樋を放ち　溝を埋めている
干し田に草の勢いが蔓延《はびこ》っている
親たちの田が一変して見違えるほど
草が田を奪ってしまっている
すでにここから追放されている
わたしは
赦されない耕作の罪を犯している
ここは水田
靴を履いて立つわたしの足元に
生える草が絡んでくる
親たちのつくった土は草が蓋い息苦しく
何かの手を待っている
石包丁や木のクワをもっていたものが
鉄製の鎌と鍬と鋤の農具にかわっていく
腰を屈めてのきびしい手作業が続いてきた
追放者には手作業に代わる農機具は買えない
手で草をぬきとり
土を起こしてみるが
ここは水田
親たちが守り続けてきた土
手立てはここで断ち切るしかない
草に奪われた田
わたしたちは草を剥がそうと除草剤をまく

吸い込まないようにマスクをして
まき散らかしている
草は　枯れてはいくが
それでも生えようとする
生きる力は土のなかにひそんでいる
新しい芽はまた田に伸びてくる
田にまいてはならない
田をけがしてはならない
けがれは村のご法度
ご法度もついでに追放されている
ここは干し田
手にするものは
だれも咎めないで赦されている
手に余る親たちの田を捨てている
村の田は草が奪っている

水呑み

池は
水を囲む　その広さは
水田の広さであり　村の広さでもある
水を治め　村を治める
村人の農作業
田に入ってくる水からは逃げられない
稲作に縛り付けられる
つくりあげた水界は村をまもり
米づくりをまもる
田の水口から水をとり
尻水口から水を排していく
次の田から　次の田へ
水の流れは　治められている

用水路はつづいていく
決められたように
水は張り巡らされ
小作人は
水に囲われ　土に縛られ
ここから放れることはゆるされない
ひとは　苗をうえ　稲をかる
とった米は供出しなければならない
藁は縄にして　おのれを縛る
村に見守られた畦に立って
わたしは小さい頃
よく田を見つめていた
一面に水を張り巡らしていた
急におだやかな水面が
わたしを引きずり落とそうとする
おぼれることを拒み続けてきた
今　その畦は荒れ果てている
水から解き放たれている
わたしはみずから　そのぐらつく
足元から
藁縄を編まずして
新しい水呑みを縛りつける
水もない　イネもない
田が　広がっている
わたしは　鍬も持たないで
立ち尽くしている

み

池は
川をとり巻いて囲っている
みずのうごめく
也の象《かたち》は巳である

そこから　あふれでる身が
わたしをからませて
水路に流れていく
みずの身に流れている血は
流れているのではなく
みごもって
みずから泳いでいく
田にたどりつく
地は
つちを囲い
つちはうねる
象《かたち》の也に
巳が棲みついている
わたしに流れている
血をいっぱい吸い込んでいる
地から
わたしは立ちあがり

わきでる　みの
めは
一面ににらみつける
めを　鍬でならし　耕す
おまえの糧を植え付ける
めは　みを
からませ　のびていく
向こうの
山に生い茂る木々
地と　池の
土と水の　みが
化石のようにのびている
昇っていく
地と池が
ぐんともりあがって
うねっている

勿入淵《ないりそのふち》

ないりその淵、
たれにいかなる人のをしへけむ
（「枕草子」第十七段より）

ここは「下馬」とある
旅の女官が水葬されたところ
近づけば大蛇が暴れだし人を呑み込んでしまう
「白龍大神」として大蛇を祀って　鎮めている
おそれおおいところを　高貴なお方が
ここにのこしていった
〈入ること勿れ〉が
もう　いまはどこなのか　わからない石碑
沼も　池もない　淵に
わたしは　立っている

だれが　ここに立ったのか
水田の土が　水が呑み込まれ
土もなく　稲もなく　水もない
家並みのあいだを車が走っている
狭いアスファルト　車が行きかう
そこは　こわくて危なくて　近寄れない
立つ勿れ
だれに　教えてもらわなくても
ここには　立っていられない
一つの否が　わたしを追い出していく
否を持ち歩きながら
ここにいるわたしは動けなく
入ってはならない　ここに呑み込まれている
〈な……そ〉なのに
その否が
沼の　池の底にわたしは引きずり落とされていく
いま生きているところから

その覆われた現在から　のめり込んでいく
淵という境界が　境界でなく
何もできないで埋まっている　葬られている
時も　場もない水と　土
古代も　現在も　ないりその淵
おそれおおいところにわたしが手を差し出せば
どこかにわたしの身は辿りつく
位置がある

一口《いもあらい》

口があいている
あいているから　のみこむのか
はきだすのか
口がものをいう口のわざわい
ひと口のみこんで
口先で　口をあらう
あらうことが
うつくしくはきだすことば
うまく口をぬぐう
ひととひとの口あわせ
きょうという日をかたづける
京の巨椋《おぐら》池に
排水口がひとつあった
芋洗《いもあらい》とひとがいう
口の端にわたしはいる
はきだされる
落差がある　差があるから
いもはあらわれる　つきおとされる
そして　どこかへきえていく
わたしは芋じゃない　芋ではない
それは疱瘡《いも》の神
いもはいもでも痘痕《いも》あらい

ここであらいおとされている
そのいもでもない　そのいもは
わたしのつくった鋳物《いも》
なみ　なみとなみたつ水かさから
あふれているみんなの口で
わたしはおとされている
いもの金《かな》を失う
鉄《いも》あらい
わたしはその手で土に屈していく
わざわいのいもあらい
〈一口〉の字をつけて
いまも　いもあらい
もう池は　うめられている
ひとはなみたって　あつまる場に排水口をつくる
落差で　口口にいもあらいをする
ひとは口にしがみつき　ひとは生きていく
ひとは口を　あけても　とじても　口無し
一口でわたしをかたづけて
ひとはいもあらいをする

一口《いもあらい》　その二

宇治川から
かつては湖といわれていた巨椋《おぐら》池へ
そして淀川へと流れていた
一つの排水口を一口〈いもあらい〉という
イモは疱瘡で　その水で清めていた
琵琶湖からくる洗浄の水を
秀吉が伏見城に宇治川を引水する
太閤堤を構築する
城を築く取り巻きの武士たちは
あたかも　武士のようにおのれの刀で
おのれをふるまい　気勢をあげる

一口に　正しさの理屈をつける先導の輩が
みんなをなびかせる
ながれをひっぱっていくおのれの水運に
追随のウジ側は　城づくりに流されていく
置かれている立場で何も言えず
洗浄する一口もない
一口から迂回する宇治川
おまえのもつ刀はにせものか
にせものが　にせものの虚勢に運ばれ淀んでいく
巨椋池は　宇治からの水はなく
どんどん沼になり　泥は深まる
病虫害の発生源となり　益なしと埋められていく
イモあらいの口はなくなり　淀んだ水は流れない
もうイモあらいではない
イモが　レンコンになっていく
泥になりながら　霊魂をあらう
レンコンあらいのレイコンあらい

巨椋の蓮となって生産している
浄土となってハスの花が咲いている
おのが力でひっぱっていっても
のこるのは　われはという力ではない
刀のぬき方が　使い方があやまっている
のこるのは城の聳えることではない
そこにあるおもいは　ひっぱられていたものも
外から城に見えるが　もう城ではない
武士というふるまいもすでに崩れている

首なし地蔵

鉢かづき姫の身代わりに
首を切られたという地蔵が
明光寺にある小さな祠に安置されている
首から上が見えないように幕で覆われている

地蔵の顔が覆われて見えない
顔の立たない石の地蔵
幕の被《かぶ》りものの
頭にかくされたもの
首があるのか　顔があるのか
被《かぶ》されたガン首が見当たらない
被《こうむ》る難をのがれた姫
ハチのかぶりものが救った
だれも知らない姫の顔
いのちをねらったひとの顔を立てている
身代わりになった地蔵の首は無くなっている
地にころがって難はどこかに無くなっている
お告げのとおり姫の母が
わが子にかぶせた鉢かづき
被《かず》くことで
鉢かつぎの担《かつ》ぐではない
かぶっていたものがとれない

ハチかづき
かぶりものでおおっていたので
かぶったものが締め付けてはずせない
呪縛がいつも邪魔になって
お伽話の悲劇が展開していく
ひとの差し金
首をとる正当性は裏腹にみえてくる
身代わりの理屈の刃となって切りつけてくる
制裁の誇らしげな顔
わたしは　ハチかづき
わたしは　わたしのガン首を差し出し
ひとの手で
そのひとの差し金をうける
顔の見えないかぶったハチがとれたとき
わたしでもない
その顔は　母でもなく　地蔵でもなく
ひとでもなく　だれのガン首でも無い

幕がかけられている

間道《かんどう》

ぬけみちがあれば
わたしは　そのみちをとおっていく
やぶにおおわれた　ここは
みちを見出す　ひそみのやぶ
しのぶのやぶ
家康が　堺から三河にのがれる
身をひそめた伝承の竹藪
伊賀越えのぬけみちをくわだて
天下の〈首〉の道をみちびいていく
みかたによって　みかたが　みかたになって
みをまもっていく
とらえかたが
おさめるものと　おさめられるもの
明智のあつかいが　謀反をおこす
信長は首をとられ　みをほろぼす
家康もあやうく　みをかくす　妙見の竹藪
ここに意義深くのこっている
みょうけんの星は指針のぬけあなとなる
このやぶは
わたしのみちではない
わたしの身は
みかたが　みかたによって
わがみが　やぶのなかにひそむ
わたしの〈み〉はつつかれ
やぶの〈か〉が〈み〉とともにとびだす
〈か〉は〈み〉のきずをふかめる
きずのあなうめも　あながちないともいえない
わたしのみち
家康は首をまもる

あらゆる道しるべをつねにそなえている
ぬけみちのみかたを　とらえかたをまもっている
みかたは　ぬけみちのみかたをまもっている
藪の中
ぬけみちの　ぬけあなのあるひそみと
わたしの藪の中はちがう
おさめるひとと　おさめられるものとはちがう
首をまもるぬけみちと
わたしの逃げみちとはちがう
逃げみちは〈ひ〉をもち続けていく
藪の中
どういけばいい　どうぬけていけばいい
首のない〈兆〉は〈非〉なのか
〈兆〉は逃〈亡〉で　敗〈北〉へと
みちびいていく

土の啓示

土に棒をたてると
その木が　わたしをじっとみつめる
棒が両手をひろげて　わたしに迫ってくる
土にあるものを掘れ
地球から湧き出る時空を　この地上に現せ
土の眠りが
木々の枝を広げて　空に昇っていく
遥かな空間
土の深さとともに地球はまわっている
棒を立てると
その木は　その土を支配する
塔が高ければ　高いほど　なお領有する
土を掘りあげれば

生きてきた人々の　土にある浄化をみる
千光寺跡の土塀の内側に
だれにもしられず墓碑がねむっていた
十字架とエータ・〈H〉が刻まれている
礼播〈レイマン〉の洗礼名と
天正九年辛巳《かのとみ》
台石のない　立ててはならない十字
墓石は土に十字を切って横たわっている
隠さねばならない十字
わたしの手のとどくところにある
ふれようとすれば　わたしからどんどん離れてい
く
遠のくところの果ては　ローマへとつながってい
く
離れた時代は土の中で　遥かな海と空が宙にまわ
っている
大波と荒天をのりこえてきた土の中の生きるが

いま　この河内の未来につないでいる
立てた木は
土の深さとなっていく
その高さが　畏敬の力となっていく
一から十を土でかぞえていく
どれだけの無限が土に秘められているか
いま　ここに生きる
あのローマからの果てしない道のりがカワチの田
原に
カワチの田原がローマにとどいている
木々は大地に根を張る
人は大地に立ち
両手をひろげて　天に向かう
蒼穹は土をまるくかこい　つながっている
かこまれた土に人は木を立て　生をのばす
土から現れたかつての十字も
わたしの土に立てた木の十字も

いま　地球上に生を立てている

うつわ

うつわがそろっている
いろんなかたちのものが
石器であれ　土器であれ　鉄器であれ
それぞれ得意顔で陳列されている
土葬から現れたうつわ
あらいきよめられ
うつつなしになってならんでいる
うつつなうつわに
わたしは　なみうつうつわ
わたしのうつわに手をあてる
大きいうつわにはなれない
ゆがんでうごめいている

うつわになりきれないうつわ
うつすものはかぎられている
小さく　あさましく　とらえられない
あらわすことのできない　おもいになって
おもいが　ことばにあらわれない
きゅうくつななかで
器量のないうつわができている
もうおまえにはどんなうつわにもなれない
壺になっている

器の口は
口口に犬が吠えている
犬が口口に喚いている
多くの皿に多くの犬が群がり口をそろえる
引き連れた口口から器をつくっている
大きな群がりでうつわをそろえている
わたしのうつわは

皿でもない　鉄器でもない口から
何も言うことができない
もぐもぐしているあいだに
うつわはことばの手で
群がりにつぶされていく
つくり出された穴に葬られ
うつうつとなって酸化していく
捨てられた口口
口にあらわすことのできない哭声
口口は哭いている
うつわにならない犬が
かつては砂鉄を探しまわった
わたしはうつわを求めて犬になっている

星

土壌を掘っていると
カチンと鋭い火花が散った
スコップに鉱物があたって
星が飛び出してきた
目星をつけるこんなわたしの
こんな星にわたしが誕生した
その月のわたしはさだめのサインに嵌められる
そこから逃げ出そう
わたしにない運気をおいかけ　おいかけ
ついにおいつかずいつも運気に罰せられる
金は〈今〉と〈土〉の中で光る
星は日に生きる　その中に土がある
土は　空の養分を吸いとる

土壌を掘れば　勝負の
星取りが
黒い土壌にうずまっていく
この土壌にある培地の粒子
わたしの日と生が日々過ごしている
星は手錠に嵌められ
わたしの双魚宮に押し込める
土壌は息苦しく
とびだしては
空の星をさがしもとめる

道のり

かげは
土からうきあがってくる
手足をうごかせば
いっしょになってうごいている
先人の陽炎が土色の血となってあらわれる
あかりが遠のくと　ときのかげがのびてゆく
ちかづけば　かげはせばまる
今立つ道から
土のあるところへいきたいと
おまえはいつもいっている
ちかづいても土はない
そこのひとよ　わたしのかげのからだを
スコップで掘り起こしてくれ
そこに何かがある　ないかもしれない
長いかげはいつもわたしがひきずっている
はかりしれないわたしとの因縁
手足のところを掘りおこしてくれ
手では固くて　〈今〉は掘れない
そんなことはない
何千年前から耕してきた道のりなのだから

掘れば土になってあらわれてくる
ねむっている土壌がいっぱい埋まっている
土壌のかげ　鍬で耕せと叫んでも
もう〈今〉の手は遠のいている
そこのひとよ　かげのあたまを掘ってくれ
土器や石器のかけらが見えてくる
かげが反射して　地中の石があらわれる
先人の遺したもの
ときの階段をおりても　のぼっても
足音はひびかない
おまえはどちらを向いて歩いている
前か　うしろか　雁字《がんじ》搦《がら》めに
離れられないしがらみを背負っている
ときの地が土の血となってそまっている
かげが亡霊となってうごきまわっている
そこに埋もれないわたしのかげがある

エッセイ

地域からの発信——大阪・交野《かたの》
フィールドワークを詩的に追求する詩との発見

Ⅰ　平安のロマン・〈交野が原〉

詩誌「交野が原」は、個人誌で創刊一九七六年である。〈交野が原〉は、かつての地名である。大阪北東部にあって、北は京都（八幡市）、南は四條畷市、西は寝屋川、東は奈良（生駒山系の麓）に広がるのが交野台地である。現在の交野市と枚方市にまたがる旧交野郡の丘陵地は〈交野が原〉と呼ばれていた。この〈交野が原〉は光仁・桓武・嵯峨天皇ら平安貴族たちが鷹狩りや、桜狩りの野遊びの場としていた。百済寺跡や交野行宮跡がある。敬天思想の桓武天皇は星祭をおこなう郊祀壇を築き、北極星を祈って、政治を動かしていた。仏恩をきらい神恩で奈良から都を移した。平安の宮廷人たちは〈交野が原〉をたずねて和歌をうたいあい文芸の舞台としていった。彼らの詩趣は、〈交野が原〉を流れる甘野川が天の川に、乾田が星田……と地名を天界に馳せた。七夕伝説にまつわる名所旧跡もある。天孫降臨の神話伝説地である船形の巨岩を和歌の神として祈った住吉四神が海神であると言い切り、肩野物部氏の祖先である饒速日命《にぎはやひのみこと》が祭神である磐船神社を住吉の神に広められてしまった。

総社の磐船神社の多くの分祀も住吉神社にかわってしまった。

「野は交野……」（『枕草子』）とあげられ、「またや見む交野の御野の桜狩り花の雪散る春の曙」と詠まれる。『新古今和歌集』藤原俊成。

「世の中に絶えて桜のなかりせば春の心はのどけからまし」と在原業平が詠う『伊勢物語』。その第八十二段〈渚の院〉の舞台となる天の川、そして山崎の水無瀬へと移る惟喬親王との桜狩りの遊興に憂愁の漂う場面である。詠歌には七夕伝説が鮮明に浮かびあがっている。次の八十三段は、春とは対照的な雪深い小野（比叡の麓）で惟喬親王は出家するのである。

『土佐日記』に「かくて舟引きのぼるに渚の院といふ所を見つつ行く」と紀貫之が土佐から任を終え、京に向かう淀川の舟の上から渚の院の業平をしのんでいる。

『源氏物語』の帚木の巻の冒頭に、「交野の少将」と「光源氏」を比べているところがある。『枕草子』で「物語は住吉……」と列挙し、「交野の少将」を出している。この物語は現存していないが、当時かなりの人が読んだのであろう。それに『源氏物語』のできる前に、「交野の少将」の話があったのだから、『源氏物語』の成立に何らかの影響を与えたのではないかと思うと興味深い。

〈交野が原〉には貴族たちのうたいあげたロマンがある。

Ⅱ　定住者文学

平安の古典文学にみる〈交野が原〉は宮廷人の歌枕であった。その後〈交野が原〉の土着人の文学の芽生えはどうなのか、まったく不毛の地である。寝屋川市の詩人井上俊夫が「金堀則夫の個性を出すなら、古い歴史がある〈交野〉に詩作の場を置くべきだ」と示唆した。小野十三郎は、定住者文学を提唱していた。自分の詩作における一つの指針が見えてきた。まったく参加していなかった地域の文化活動に関わり、郷土史にも強い関心を抱くようになった。

交野に残る歴史や伝説に目を向け、石や水を題材に金堀則夫詩集『石の宴』（一九七九年）を、また、壺と空《くう》にまつわる詩を多く編んだ詩集『想空』（一九八七年）を上梓した。

Ⅲ　郷土史とカルタづくり

郷土の歴史を知るうちに、これを伝承する方法として、「郷土史カルタ」のあることを知った。

地元の歴史を子どもから大人まで、楽しく簡単に伝承したい想いが芽生えた。それが「カルタ遊び」という形に発展した。カルタの読み札に郷土の名所・旧跡や歴史、伝説、風土などを織り込んで、絵札を取り合う。読み札の句は自ずと覚え初歩的な郷土史を知っていく。交野と隣接する「四條畷郷土史カルタ」（一九七九年・読み札の句編集）をはじめ、「田原の里」（一九九三年）、「大東のふるさと」（一九九七年）と「交野・星田郷土史カルタ〈ほいさ〉」（二〇〇七年）は読み札の句を作成した。それぞれのカルタの句に詠われた場所をたずねていくカルタウォーク（郷土散策）を長年実施し、案内している。カルタの解説等はホームページに作成している。

史跡などに足を運ぶと、いつも何か新しいものが見えてくる。詩のモチーフというか、ひらめきが……。これを、わたしはフィールドワーク詩と呼んでいる。現地へ行った時に出てくる詩想は、フォークロア的な詩的空間に、歴史（時間）と現在（存在）の実態が大きなテーマとしてあらわれてくる。そして、「金堀」という自分の姓に関することを探っていくようになった。次第に交野と「古事記」「日本書紀」の古代へと関心が深まっていった。

Ⅳ　金堀の里と鉄

春潮亭蘆嶾《ろとん》の『星田名所記』に新宮山八幡宮と徳川家康の大坂夏の陣・陣営旗掛け松が画かれている。その左上に「金堀里」が画かれている。名所記は明治元年〈一八六八〉から三年の間につくられたと推定されている。明治十三年の資料には金堀の里はなかった。現在は、〝鍛冶が坂〟を〝梶が阪〟の小字として残っている。ここにわが姓の「金堀」が出てくる。

『交野市史』によると、「八幡さまはいつも東向いていなさるが、山の南の金堀もとくにお忘れなく護ってくださるように……」と願をかける老人の心配通り、南の金堀村は八幡宮の守護をうけなかったのでなくなってしまったとある。

妙見宮境内に「献燈　天保十一子年（一八四〇）金堀中」と彫られた大きな化け燈籠がある。天保十一年に妙見宮の拝殿が再建されたので、当時の村落が十五基の石燈籠を寄進している。また、社務所の前に天保十三年の常夜燈がある。その台座に十四人の名前に「金堀平右ヱ門」とある。「金堀の里」は存在していたのである。

『歴史公論』（第六巻七号）に若尾五雄氏の「鉱山と信仰」の中で北辰星つまり妙見さんのお告げにより鉱山を発見する。金工師の信仰する神とある。各地の妙見山、妙見宮と金工、とくに鉱山が関連しているという。各府県の関連地をあげている中で、大阪府旧北河内郡星田があった。「星田妙見。現在では、妙見社は小松神社というが、ここの裏山は金山と呼び、小字に鍛冶屋敷・金堀などの地名が残る。廃坑跡あり。」とある。金山というところは見当たらない。妙見宮の北側を鐘鋳谷《かねいだん》といい、鐘を鋳造したと伝えられているが、まったく鉱山とは関係がない。廃坑跡があると書かれているが、享和三年（一八〇三）『星田村明細書』では、星田村に「金・銀・銅・鉄鉱山御座無候」とある。鉄の産出は、この付近ではなかった。鍛冶が坂の金堀の里は、運んできた鉄の原料で鍛冶工房を営んでいたのではないだろうか。星田から少し離れたＪＲ河内磐船駅北側の森遺跡から古墳時代の鍛冶関連遺跡が発掘（一九九五、六年）された。鍛冶炉や羽口（送風管）、そして銑鉄塊（鉄鉱石を溶鉱炉で溶融）の鉄滓《てっさい》（てつのかす）が多く出土している。おそらく朝鮮半島から持ち込まれたのであろう。また天孫降臨の神話伝説（饒速日命が天照大神の命をうけて天の磐船に乗って河内哮ヶ峰《たけるがみね》に天降る）のある地である。その子孫が物部氏で田原から交野・枚方へ稲作をひろめたとともに兵器の製造・管理もした軍事氏族。その配下に農具、馬具、武具などの鉄生産にかかわる鍛冶工人の伝承が反映される。

交野の星田村、わが姓のはじまり「金堀の里」、古代の神話伝説があり、物部氏の農耕と鉄にまつわる村にわたしの詩作をかき立てる興趣がある。その詩興が金堀則夫詩集『かななのほいさ』（二〇〇三年）、『神出来《かんでら》』（二〇〇九年）、『畦放《あはなち》』（二〇一三年）の三部作となった。

Ⅴ　詩集『畦放』

スサノヲが高天原《たかまがはら》で犯した「天つ罪」の一つに〈畦放〉がある。敬虔な田の畦を崩すことである。畦を壊すことは、田の区切りをつける境界をつぶし、隣の田を侵すことになる。草刈りをして管理しなければならない。草抜きではない、草刈りである。草の根は畦の土を保護しているのである。崩れると水が流れていかなくなる。また、堰をすることは水を他に流してしまう。これを〈樋放《ひはなち》〉といって水を妨害する罪で、犯すと、他の田んぼに迷惑がかかる。農耕から追い出される。他に農耕における禁忌があるが……。

スサノヲは農耕で決してやってはいけないことをすべて行い高天原から追放になる。現代のわれわれもスサノヲと同じことを農耕で犯している。縄文から弥生時代にできあがってきたものを現代人はつぶしている。周りの畦は無くなり、親たちの村人はいなくなってしまった。もう二度と稲作のできない現況である。都市化、高齢化、後継者問題が拍車をかける。〈交野が原〉も脱農耕社会となり、土着の深い哲学は失われていく。これから日本の再生はどこへ向かっていくのか。わたしたちの存立はどこにあるのかと、問われてくる。

Ⅵ　子どもの詩と詩誌「石の森」

「交野が原」は個人誌で非売品である。多くの寄稿作品〈詩・評論・エッセイ・書評等〉の中に〈子どもの詩広場〉のページがある。年に春、秋の二回発行しているが、その秋号は、小・中・高校生の詩賞「交野が原賞」を設けている。入選作品は「子どもの詩広場」に掲載した。その「子どもの詩広場」の高校生以上の常連が結集して、詩誌「石の森」が誕生した。多くの若いメンバーから八人が十三冊の詩集を編んでいる。「交野が原賞」は三十四回まで続いたが、二〇一一年諸般の事情により打ち切った。

Ⅶ　ある少女たちの詩

一九八一年から十五年ほど、ボランティアで女子少年院の〈詩クラブ〉で更生する少女たちと接する機会があった。そこで少女たちの書いた詩を「交野が原」誌上にページを設けて発表し、そのアンソロジーを三冊出した。金堀則夫編著『赤いチョーク』（一九八四年）、『続・赤いチョーク』（一九八八年）、『続・続赤いチョーク』（一九九三年）。

また、少年院の少女たちの思いを通して「自分の詩」を切々と書き続けた三十八編の金堀則夫詩集『ひ・ひの鉢かづき姫――女子少年院哀歌』（一九九六年）がある。

（「詩と思想」二〇一三年十二月号）

解説

詩集『石の宴』跋文

小野十三郎

やまふもと
石をおしあげるぼくの日々。
あげれば
なおおもみが迫ってくる。

「石の空」という作の冒頭である。この石は、状況を意味すると共に、状況に深くかかわる人間の存在感を意味するのだろう。空へ持ちあげても、落下して地にころがり陥没の穴をつくる石の重さ。私がこの詩集を読んだあとの想いもこれだ。だが、この石は、ときに石の空となり、石の波となり、石の滝になる。それは、つかのまでも、状況の重圧から解放される時がこのひとにあるからだ。自然に解放されるのでなく、金堀則夫は、詩を書くことによって自らを解放する。そういうおもむきの作品に強く牽かれた。私も、空しいことかもしれないこういう行為のくりかえしによって、自分の存在をたしかめつづける他なかったからである。われわれは同類である。修辞を弄さず、つとめて平易な言葉と言葉との屈折でこの時間をとらえようとしているのにも親近感をおぼえる。
交野という地は、ちょっと遠いところだと思っていたが、日常ぐらしの中にある物の陰影は、私がいるところと変らない。われわれは大阪の辺境に定住しているのである。漂泊者の眼でなく、定住者の眼を持ちつづけて、のしかかる状況をも動かし変えていこう。重い石塊を空中に蹴上げよう。
この詩人といま「石の宴」、この宴を共にすることができたことをよろこぶ。

（一九七九年）

地上の星座――『想空』によせて

倉橋健一

いま私が必要あって読んでいる辻潤は、大正期の中葉、みずから完訳して日本に紹介したマックス・スティルネルの『唯一者とその所有』をめぐって、それを徹底して行動哲学になしえた点で、自己表現へのひとつの魔の画期性を保っている。

スティルネルは十九世紀前半、青年ヘーゲル派のひとりとして、マルクス、エンゲルス、ホフマンなどと同じ時代に、歴史に名高いフリードリッヒ通りのヒッペル酒場に姿をあらわした。そしてすべての世界は無であり、無から人は、創造者としていっさいのものをつくりあげねばならないと主張した、『唯一者とその所有』をあらわし、不遇のままに狂気の母を抱え、妻にも去られ、スラム街を泊まり歩きながら、貧窮のうちに下宿で毒蛇にからまれて死んだ。

スティルネルによると、ゆえに唯一者は、あらゆる虚偽的な外片をみな剝奪され、一見何にも身につけていないルンペン状態にならなければならない。〈もし僕たちが自己所有に到達したいと希《ねが》うならば、僕たちはまず襤《らん》褸《る》生活、極貧にまで落ちてゆかねばならぬ。何とならば、僕たちは一切の外来物を投げすてねばならないからだ〉

だが、これ以上ルンペン的なものはないといっても、まだルンペンという襤褸《ぼろ》をまとった人間が残される。ゆえにルンペンがルンペンを投げ捨てたときに、最後の襤褸をも脱したときに、真にいっさいの自己ならぬものを捨てた自己＝創造的虚無が完成する。

後年、辻潤が尺八一管を鳴らして、ひょうひょうと巷を流して歩く風狂の人となり、刹那刹那のもっとも充実した生命の欲求にしたがって生きる人となったのは、その決意の結果であったといえよう。

辻潤を読んでいるからというせいではない。金堀さんの詩篇を読んでいると、しきりに辻潤が思われてならない。その虚無の相にふしぎな類似が見えてならないのである。

土が
なにもない
空を囲むと
そこには深い穴ができてくる

と、「無性」の冒頭を、金堀さんはこんなふうに書きはじめている。そのあとに〈ろくろにまわして　穴をこねまわす〉とあるから、ここでも浮かびあがるのは〈壺〉のイメージである。そのとおりこの詩集は、〈壺〉〈石〉〈空=風、水〉をオブジェとして、それへのこだわりを多層化しつつ、その内面を生きることを誇りとするかのごとく構成されている。
　はじめから順番によく見よう。

壺の
空をのんだら
空があいてしまった　「無の華」

はいるもの
すべて吸いとり
壺のなかに消えていく　「空の壺」

目に花が咲いた
古い土層からぬき出た
壺　「賛わ」

いずれも壺の保つ位置は、求心性の密度の高い穴である。それらはひとつずつ異相を保ちつづけながら、壺の内部にある空《くう》の見えない世界をのぞいている。
　ここにいたって私はいま、金堀さんの詩が前詩集『石の宴』のときよりも、いっそういちじるしく内面化しつつあるのに気づいている。それ自体はなにも、いま始まったことではないかも知れない。しかし対象を壺に限定してみるとき、いやおうもなく壺が負っている外部との裂け目が必要だろう。そこからなかをのぞきこむ、あるいは関係する行為ははじまる。壺はなかに闇の空間を溜めているから壺なのか。器としてのかたちをもって外部との切れ目をつくっているから壺なのか。壺の活性化はたぶんそのどちらでもないだろう。しかしなかに闇をつくり空《くう》が漂うとき、まぎれもなくそれは壺自身のものとなっている。絶対の自己がそこにあり、そこを暗く見据える眼差しをも、自分のなかを他者に置きかえるための、充たされない自分への凝視であるのかも知れない。

かなしみの
たのしみの
たねが発芽するように
あなたの乳房を
からだに抱きこんで
わたしの骨と内臓で
がっちりと　とりおさえていた
あるものが　ないものに
ないものが　あるものに
「無性」

もしかしたらという思いがある。詩はそこを突こうとしている。しかし私たちは壺の内部へ、金堀さんが展開するおびただしい反照をちゃんと見なければならない。

のこされた
わたしののんだ空が
いまある空で割らねばならない
「無の華」

さぐり求める指先に
なぜか　ぼくとちがったものが
ふれている
「空の壺」

じっと時を　ことばをさがしている
見えないんです　話せないんです
「欝わ」

これら錯乱と沈黙、拒否と反応のまわりを、回転木馬がゆっくりと過ぎるように過ぎる。そしてつかのま、もしかしたらという「無性」のなかの、無垢にひとしい他者への夢があらわれる。だが、これら、作品の奏でる自我交響曲に明日はあるだろうか。

マイコン遊び
無に等しくなっていく

と、詩人は告げてしまった。壺に比喩された闇が匂う。

つぎを繰《く》る。「真土」のなかにも壺。そして「ひの壺」まで、もう一度円環しつつ時は過ぎる。虚無は深まり、そこにあらわれるのは、それら内面の危機を意識しながら、逃避をしないで、佇《たたず》みの覚悟を定めている詩人の悲哀である。悲哀のなかに、ときには細やかな性のイメージがしのびよる。かろうじて他者のいる最後の位置が浮遊される。

壺のなかの空《くう》を、佇みの覚悟にかぶせて、定住者の位置を感じることも可能だろう。たとえば〈交野が原〉という雑誌があり、身銭をきりつつ金堀さんは、地域社会を対象化し底翳《そこひ》に似た情熱をかける。〈交野が原を流れる天の川は、平安貴族の桃源境であった。天体をなぞった地名に当時の夢が美しい図絵として描かれていく〉と、ときには書く。しかし、歴史の対象としてみるかぎり、それは日本のどこであってもかまわないことだ。自分の住むところが、伝統にとってどんなに不毛であろうといっこうにかまうことではあるまい。だが、そのとき他者があらわれる。金堀さんたちが掲載した子供たちの歌であり、女子少年院の少女たちの歌である。悪びれず他者を見る。その世界をのぞき見る金堀さんにひそかに夢魔がおとずれる。少女たちに告げなければなるまい。詩を書くことによって未来はすこしも見えてこないが、見ることへの関心は深まるだろう。

壺は金堀さんにとって、内面の絶対の相である。それは辻潤の裏っかわで、自己表現へのひとつの魔の画期性を保っている。
ふしぎな詩集だと私は思った。「水の窓」という最後の詩にいたって思い切った比喩があらわれる。

人間の手に
さわれない
水をまわす
きわみが
ツボ

水のツボ――地上の星座と呼んでもよいかも知れない。壺もまたひとつの比喩にすぎないだろう。ときには宇宙と呼びかえることさえできるような。壺はいたるところで気運にぶつかっている。壺がツボになるとき、

爆発か
沈黙か

どちらかしかないかも知れない。

（跋文・一九八七年）

詩集『ひ・ひの鉢かづき姫
―女子少年院哀歌』を読んで

杉山平一

むかし『日本泥棒物語』という映画で、囚人が広場で運動させられながら、しきりに反省の言葉を交わしているところがあった。感心だな、と思っていると、罪の反省ではなく、つかまってしまったしくじりを反省していて、こんどはもっと巧くやろうというのである。なるほど、と思ったことだった。

金堀則夫さんは、ながく女子少年院で非行少女と接して、その少女たちの詩を集めた『赤いチョーク』という詩集を、続、続々と三冊も出している。私はそれらを読んで、そこに描かれた少女たちの心根に感じ入って、新聞に紹介したことがある。

ところが、今度の詩集で、金堀さんは少女たちの内面に入って、自らの声で、それを語っている。その心情に分け入って、これほど罪と罰に苦しむ魂の声をつむぎ出せるのも、永年の詩人の体験の故であろう。

詩のメタファが見事に、心情を搾り出していく。家や親から出て行く緊張と不安は、張り切るゴムの強さと、ひき戻る瞬間と、切れてしまう瞬間、伸び切って落ちてしまって、何のはずみもなくなったかたちに少女が描かれる（「きずな」）。

「水縛」では、ひたひたと侵してくる水が腹から胸へ愛撫してくるが、それが口から鼻へ襲いかかってきて、溺れてしまうかたち、それが「水縛Ⅱ」では、少年院に入って、水責めに溶けこんだなかから浮力が湧いて、力を抜いて、少しずつ吐いて、水から抜けてゆく感じなどもなまなましい。

その溺れは、土によっても描かれている。穴の中にさかさに落ちこんで、

砂を嚙め　土を呑め

ふかまる　落とし穴
あたしの息づかい
逆さのおもみが
手足をばたつかせ
（「鉢かづき」）
そのもがき苦しむさまが、どの詩篇にものたうってい
るようである。
拭いても拭いても汚れはとれず（「手拭い」）、水を流し
て非行少女の顔を洗い落としても、洗えば洗うだけ汚れ
てくる（「顔」）。
調書をとられるが、
お前さんの書いている
文字など、どこにほんとうの
あたしが生きている
あたしなど、どこにも存在しないところで
なにを裁く
その辞書でひいてみろよ
辞書にあることばで片付けてみろよ
（「調書」）
ウンと言えば
ウソがうまくかたづく
（「虚構」）
ことばで割りきれるような簡単なものではない。魂の
もだえは散文のかたちではとらえられないのである。
麻薬の注射をうつのを、村の山をさかいにうち立てる
青竹になぞらえて、
あたしの縄張りは
派手に飾ったホテルの一室。
居場所を　確保するため
うち続ける　注射の針
1日1日が
山のさかいに突っ立っている。
（「ほうじさし」）
というふうに、詩的方法で、少女たちの存在感に迫って、
反省とか後悔の涙など、という世界よりもっと深い内面
の悶えを追う。そのための晦渋は免れないが、詩集の題
名にも使われている「ひ」という文字による表現は秀抜
である。
漢字を解きほぐして詩的発見に導く詩はよくあるが、
ひら仮名を分析する作品は珍しい。「ひ」という字は真

中が凹んでいる。そこからこの詩ははじまる。
ひは
ひとつのくぼみからできている
ひはひのままで
水につければ　浮いてしまう
かるいものなのだ
おさないころの純粋は
もう　はじめの一になるように
ひっぱることもできない
むすぶこともできない
ひなのだ
という。一の字がゆるんで、ちぢんで「ひ」になったらしい。この「ひ」を両手でおさえ、沈んで行くと、そのくぼんだ口から入ってくる水で、そのまま沈んでゆく、と詩はすすんでゆく。
そして、「ひの鳥」という詩篇では、「ひ」は「非」となり、
あたしは　十代の非で
とんでいる
飛行でなく
非行なのだ
と、非になってもだえているが、一方の飛び方の鳥は、さわやかにとんでいるのである。
そして、「少女Ａ」の作品になると、
少女のひ
非行のひしめき
…………
ひにあおられ
右　ひだり
ひも　かかり
おとこのひとかい
…………
ひにつまる
非
否
避妊の

ひあそび
ひあぶり
…………
緋文字
非売品
むねのひ
あそこのひ
ひあがることもなく
ひとだまり
きょうも
どこの街にいるのやら
ひとさがし
と、あざやかに非行少女を詩のかたちにとらえてみせてくれる。
余人には作れぬ金堀さんだけかけた詩集である。
（「交野が原」42号・一九九七年）

物質的想像力を喚起する
——詩集『畦放《あはなち》』

岡本勝人

かつて、金堀則夫氏の詩集『かななのほいさ』を書評したことがある。それから六年後、詩集『神出来《かんでら》』が出版された。さらに四年の歳月が流れ、この度、詩集『畦《あ》放《はなち》』が上梓され、詩作の順調な継続の証をみせている。これらの詩集のタイトルは、独特な響きをもっている。おそらくそれは、地名と深くかかわり、由来をもつからだ。詩人の地名にたいする思いは尋常ではなく、その存在意義と深く結びついている。なぜならば、これらはすべて、まぎれもなく交野《かたの》という土地の風土と歴史と名にかかわっているからだ。

京都で鴨川と桂川が合流し、淀川となる。京都盆地と大阪平野の境にあるのが、山崎の地と石清水八幡宮だ。隣は、奈良との県境で、生駒山系の北端である。
昨年の夏、三条京阪から私鉄に乗って、石清水八幡宮に詣でた。途中、乗り換えのときに、駅の掲示板に「交野」の文字がみえた。山崎には、明智光秀と豊臣秀吉が戦った古戦場がある。知られた建築家の建物と実業家の収集した美術館もある。石清水八幡宮は、男山八幡といわれ、九州の宇佐八幡を勧請して創建された。地勢学的意味もあって、朝廷や武家に支持され、源氏の氏神となる。鎌倉の鶴岡八幡宮は、ここから勧請され、ともに応神天皇をまつる。また、兼好法師の「仁和寺にある法師、年寄るまで、石清水を拝まざりければ……」で知られてきた。『徒然草』の法師のように、上社へいく前に、門前の茶屋に立ちより、鳥居をくぐって下社に詣でた。その後、ケーブルで登り、法師が不案内だった山上の八幡宮の境内を、一周した。裏手には見晴台があり、谷崎潤一郎の文学碑がある。
交野の地は、京都から大阪への入り口にある。古代、この地は、京都や奈良の土着の豪族の勢力が強く、河内からなかなか入れなかった。交通の要所であり、歴史的な事物の宝庫である。天皇家ともつながりのある渡来人のおおい地名として、知られている。

鉄のとけた
〈ゆ〉は自由に
土のカタに嵌って流れていく
真っ赤に熱された
鉄の湯
煮え立つ〈ゆ〉が
わたしのからだに入り込んでいく
（「ゆ」）

こうした詩を読むと、「金堀」という姓が鉄とのかかわりをもっており、なにか尋常でない思いが立ちあがってくる。神出来《かんでら》は、大字《おおあざ》星田の小字《こあざ》の地名だ。星田は、星と田からなり、天野川の流れる交野が原は、七夕の祭をまつる。〈北から南へ／流れる川は天の川／天から磐船がやってきた〉（「時の砂」）。この地に、天照大神の命を受け、饒速日命《にぎはやひのみこと》が天孫降臨する。土着の氏族と渡来人の神話とが接続された聖域には、北極星をまつる妙見宮がある。国土を守護する妙見菩薩は、災厄を除いて人の寿福を増益するが、神仏だけでなく、陰陽道によって道教と習合した。フィールドワークのルートにもなっており、いまでも道教の遺跡が多く残っている。物部氏は、この地に天孫降臨した子孫だった。交野が原は、その勢力のあった土地である。
　上野の国立博物館の平成館一階には、考古学の展示室がある。入り口からはいると、東の縄文土器と西の弥生土器や青銅の銅鐸が、圧倒的な数でならんでいる。

馬がやってきた
馬をつれてきた
人たちが
遠い海から渡ってきた
〈倭国に牛馬なし〉が
はじめて馬がやってきた　（「馬」）

この地方を通景すると、縄文期から弥生期へとかわる稲作農耕の風景がみえてくる。仏教がまだ正式に受容される前のことである。〈ヤマトにまた天神の子が攻めてくる／金色の鵄《とび》が飛んできて神武の弓矢にとまる／その光がまぶしく戦えず負けてしまう／金のトビがトミとなり／鳥見になる〉（「登美」）。大和朝廷では、軍事をつかさどる排仏派の物部氏と、武内宿禰《たけのうちのすくね》の子孫で、財務を掌握する受容派の蘇我氏との戦いがあった。「物部《もののふ》の」は、いまでは枕ことばとなっているが、上代では、朝廷や貴族に仕えるものをさした。鎌倉時代になると、武士である「物部武士《もののふ》」の語源となる。

産鉄のないこの地
もののべのモノが稲作をはじめる
土を耕し　開墾して行く
木製でない新しい鉄器の鋤《すき》、鍬《くわ》……（「私部《きさべ》の鐵《てつ》」）

以来、〈もののべの伝承は　川原の砂とともに／時の穴から落ち続けて古代に入っていった〉（「時の砂」）と、長い歴史のなかで、土地は区割りされ、分節されて命名された。壬申の乱の後、天武天皇が即位する。そのとき交野が原では、おおきな戦さがあった。文節された地名は、時代の所有者によって、領土となる。同時に、一族の地名となって、命名されてきた。

この地を治めても
いつか追い出されていく
高天原《たかまがはら》から
〈神逐《かむやら》ひ〉された
地上の迷走が未だにつづく
地の威霊
いつまでも　今の
われわれに科せられていく
（「登美」）

だから地名は、どこでもみえたり隠れたりしながら、歴史の争いのなかで、消えたり、書き換えられたりしている。交野が原の新宮山にある八幡宮は、なぜか東にむき、石清水八幡宮に臨んでいる。そこには、ひとりの人間のルーツだけでなく、一族存亡の証がみえたり、隠れたりする。
〈天の川に沿って水田ができていく／一番良い田には／后《きさき》のための稲づくり／私部《きさいべ》がモノをつかって働いている〉（「私部《きさべ》の鐵《てつ》」）と、交野が原に天野川が流れ、田に水を引き、畦を歩いては、稲作に携わる。武器も農機具も、鉄を精製する鍛冶の火をおこして、煙は延々と上昇する。風が気流となって、天体と地上の国を垂直に結んだ。交野山《こうのさん》には、観音岩の磐座がある。ことばがあり、命名があり、詩ができた。詩こそ、深層心理に薫習された集合的な無意識の神話をものがたる。そこに、星と台地と岩と田畑の共同体の多様な像の連結が、みえたり隠れたりしている。これらは、天体と民俗にかかわる歴史地理学の考察を可能とするが、他方で、交野が原の地こそ、桓武天皇の母方の土地であり、乙訓の地に建設された長岡京の南に位置する重要な土地として、天体や農耕祭儀を象徴する神話の垂直性と関わるトポスであった。「星のまち」交野とは、なにかが交わる野である。

土が
空へ　地下へと育っていく
のびていく土と土が　うえとさかさに
結びついてできている
幸。
稲の
のびゆく力は
たねから苗　苗から稲穂へと
土とともに生気がみなぎっている
水田に植えつけた
苗とともに
この地に
お前もたつがよい
そのからだに感じる
あびた光は
気が　地へ　空へと
のびていく
（「さびらき」）

金堀則夫氏のポエジーは、こころの赴くままに任せて喚起する心象世界の任意性からすれば、〈おもいな／いつから／からだのなかに／石がたまってきたのか／石が鉄の塊となったのか／からだの芯にある／かたまりに／土と鬼がいる〉（「鉄則」）と、あきらかに輪郭のなかに物質的存在との関わりをもっている。このことは、地名との深いかかわりとも連関する。〈もえる火／かこっている炉／土は炎を護っている／粘土のあいだを鉄の湯が流れていく／湯に負けない土の強さ〉（「ひの火」）と、詩人はことばがとらえる物質のなかに、意識の底から一族の集合的な無意識を記憶として取りだす。同時に、風土に鋤をふるい、畦のうえで、夢想して、たたずむ。〈水田は一面雑草に覆われている／農作業をするものはだれもいない／米作りを放棄してしまった〉（「畦放《あはなち》」）。こうした私小説的な部分や現代社会の農業がおかれた現実批判のリアリズムもあるが、〈どんどんまわれ／耕してきた畝の土は／親父たちの土で／稲がたっていた／稲のそこは／深い計り知れない粘土層／炉がわたしとつながっていく／まわれ　まわれ　土が深まるように〉（「土」）と、その想像力は、生活詩や抒情詩、さらにはシュルレアリズムの自動記述の手法にはみられない、確かな詩の根拠をもつものだ。

ガストン・バシュラールは、『火の精神分析』『空と夢』『水と夢』と『大地と意志の夢想』『大地と休息の夢想』の四部作のなかで、詩人の想像力のありかを、元素による物質的想像力の詩学とした。晩年には、意識と集合的無意識の中間にある詩的想像力をとりだし、夢想の層のポエジーを考えた。それは、地・水・火・風の元素にかかわり想像するイマージュの力動性と、現象学的な夢想の層への想像力によって、詩人の表現作用を読み解くものである。祖父が靴職人のバシュラールにとって、鉄も皮も火も身近かな職人の家系のものだが、夢想と思考の中心は、土地への考察である。そこに、文学の本質としてのイマージュ（パロール）による、事物と詩をつなぐアナロジーの思考方法がある。

ここ枚方と交野の台地交野が原は、かつて惟喬親王の院もある狩場であり、在原業平が、「世の中に絶えて桜のなかりせば……」と歌った桜で知られる名所である。〈火の粉が舞い上がり／わたしにふりかかってくる／払いのけることもできないで／わたしのからだに襲いかかってくる／火の応酬に／火を抱えながら燃え上がる勢いは／もうわたしにはなくなっている／火の神をうむのをかつて見てしまった〉（「ひの子」）。金堀則夫氏が喚起するものは、意識と前意識と無意識に集合的無意識を加え、さらには夢想による断片のイメージの層として獲得された交野が原の地名にかかわる。交野が原は、『日本書紀』『風土記』『伊勢物語』『栄花物語』『枕草子』など、多くの歴史書や古典文学をにぎわす地名であった。

土壌を掘っていると
カチンと鋭い火花が散った
スコップに鉱物があたって
星が飛び出してきた
目星をつけるこんなわたしの
こんな星にわたしが誕生した

（「星」）

詩集『かななのほいさ』『神出来《かんでら》』『畦放《あはなち》』は、歴史的事物の宝庫である交野が原の地名を現代に惹起してやまない三部作である。明智光秀が謀反を起こした時、堺に滞在していた徳川家康は、交野に身を隠して、脱出を図った。かつて作家の中上健次は、『岬』『枯木灘』によって、紀州の事物の解明をはかり、終生、紀州という暗闇の地名の根拠を探った。晩年の安岡章太郎は、長編『流離譚』によって、土佐の安岡一族の幕末から明治へと激動する歴史を明るみに取りだした。民俗学の分野では、谷川健一の『日本の地名』『続日本の地名』が日本列島の地名探索の入門書として読みつがれている。
金堀則夫氏の詩作からみえてくる物質的想像力を喚起する詩的空間に、交野が原の考古学や歴史を垂直に架橋する夢想の層の詩学は、今後、大きな影響力を与えることだろう。

（「交野が原」76号・二〇一四年）

金堀則夫年譜

一九四四年（昭和十九年）
大阪府生まれ（父 友一／北河内郡星田村〈現・交野市〉、母トヨ／北河内郡南郷村〈現・大東市〉）。
一九六七年（昭和四十二年）
立命館大学文学部卒業。
一九七五年（昭和五十年）
十二月、交野詩話会主宰。
一九七六年（昭和五十一年）
十一月、文芸誌「交野が原」創刊（年二回発行）。日本詩人クラブ会員。
一九七七年（昭和五十二年）
三月二十五日～四月四日、「地球」主催（秋谷豊）の「ドイツ文学紀行」参加。季刊詩誌「地球」に詩「ラインフェルス古城ホテル」発表。
一九七八年（昭和五十三年）
四月、アンソロジー『交野が原詩集』（交野詩話会）刊行。十月、「交野が原」〃子どもの詩広場〃の発展として、文芸を奨励するため小・中・高校生の詩賞「交野が原賞」（交野市教育委員会後援、後共催）を年一回設ける。
一九七九年（昭和五十四年）
三月、『四條畷郷土史カルタ』制作刊行（四條畷中学校一学年生徒絵札／字札作成）。字札の句編集（監修・市史編纂山口博）。カルタの句と解説の立て札（木製・生徒製作）市内四十五カ所設置。カルタ郷土散歩スライド作成。
五月、「交野が原」第六号〃子どもの詩広場〃に第一回小・中・高校生の詩賞「交野が原賞」の詩作品発表（二〇一一年「交野が原」七一号「子ども詩広場／第三四回〃交野が原賞〃」終了）。八月、詩集『石の宴』（交野詩話会／跋文・小野十三郎）刊行。十一月、西井長和著『星田懐古誌』上巻（交野詩話会）刊行。脱稿後三十八年ぶりの出版。
一九八〇年（昭和五十五年）
交野市ライオンズクラブ賞に児童・生徒の詩賞「交野

が原賞」が受賞。八月、『星田懐古誌』下巻刊行。十一月、『伝説と稗史４』（新和出版）四條畷「法元寺・耳なし地蔵と穴あき石」「室池・氷たくわえ都ゆき」執筆。「中学の広場」（教育研究所）八七号郷土風土記「田原の里」執筆。
一九八一年（昭和五十六年）
三月、『大阪文学散歩Ⅱ』（関西書院）「交野が原・渚院から天の川〈伊勢物語〉」執筆。五月、「交野が原」一〇号より個人詩誌として主宰。発行所・交野詩話会から交野が原発行所。九月、西井長和著『星田写真史話』（昭和十六年の写真集）刊行（交野が原発行所）。十一月、第一四回山口県詩人大会・対談「谷川俊太郎と話そう」・パネルディスカッション「地域の文化と詩人―〝住んでいるところ〟と〝詩を書く者たち〟―」パネラー（二十七日付「中国新聞」掲載）。女子少年院クラブ活動「詩のクラブ」講師（～九四年）。
一九八二年（昭和五十七年）
三月、地域文化誌「まんだ」第一五号より「まんだ詩苑」編集（二〇〇六年十二月第八八号終刊まで）。五月十五日、テレビ大阪・放映「わがまち四條畷―あるこう郷土史カルタ」教育長・市史編纂者・生徒たちと出演。十一月、「交野が原」一三号より〈ある青春の一ページ〉に女子少年院詩クラブの少女たちの作品を連載（一九九四年三六号まで）。十二月、「交野が原」〝子どもの詩広場〟の〈交野が原賞に関係する若手の〈交野が原ポエムKの会〉を主宰。詩誌「ポエムK」創刊、八五年八号から誌名「石の森」（現一七二号～）。
一九八三年（昭和五十八年）
『大阪府かるた』上・下巻・読本刊行（別所やそじ）、編集委員。日本ペンクラブ会員。
一九八四年（昭和五十九年）
三月、―ある少女たちの詩『赤いチョーク』（小林初根共編著・交野が原発行所）刊行。七月十六日、詩集『赤いチョーク』読売テレビ「〝きんきTODAY〟」少年院からの報告」詩クラブ放映、少女たちと出演。十月、「鰐組」（仲山清・ワニ・プロダクション）三〇号から五五号（～八九年三月）参加。
一九八五年（昭和六十年）
一月、女子少年院詩クラブの手作りの『非行いろはカルタ』作成。四月、「詩学」四月号エッセイ「後悔こめて詩う少女たち」執筆。五月、大阪府指導主事研修会・講演「郷土史カルタの作成について」。八月十八日～二十四日、秋谷豊らの日中現代詩人の集い「中国＝詩のふるさとへの旅―上海・長沙・岳陽・武漢」参加（「地球」八六号詩「一の位置」発表）。十一月十六日付・読売新聞朝刊「ひと人抄」に「子供たちの詩情を育てたい」掲載。地域新聞に「詩と風土抄」連載①～⑥。
一九八六年（昭和六十一年）
八月、「詩的現代」一七号から三〇号終刊（八七年）参加。十一月十七日～十二月二日、文部省教員海外派遣（短期派遣）カナダ・アメリカ方面。
一九八七年（昭和六十二年）
二月、大阪府道徳教育担当指導主事研修会「道徳教育における郷土愛」実践報告。六月、詩集『想空』（白地社／跋文・倉橋健一）刊行（第一二回地球賞第一次候補）。
十月、「交野が原」二三号特集『想空』評・杉山平一・中村隆・西岡光秋・村瀬学・冨上芳秀・福田万里子・中上哲夫・萩原健次郎・田中国男・今駒泰成・津坂治男・鈴木比佐雄・山村信男・春木吉彦・須藤伸一・吉田祥二執筆。十二月、鈴木比佐雄個人詩誌「COAL SACK」（創刊～九〇年九号）参加。
一九八八年（昭和六十三年）
二月、大阪府生徒指導推進会議・講演「心をひらく生徒指導―自己内省から自己表現」―女子少年院詩クラブ実践報告。三月、編著―ある少女たちの詩―『続・赤いチョーク』（澪林書房）刊行。「澪林」四一号（田川紀久雄）、特集「続・赤いチョークを詠む」津坂治男・沢田敏子・福田万里子・新井豊美・坂井のぶこ執筆。八月、「詩と思想」（土曜美術社出版販売）六月号〈特集いま、学校を考える〉に「寡黙・無言の関係―子どもと教師」執筆。
一九八九年（平成元年）

三月、「詩学」三月号特集「詩人の信じるもの・信じ方」に「ことばと更生」執筆。日本現代詩人会会員。
一九九〇年（平成二年）
四月二十日付産経新聞（夕刊）「関西の若手詩壇―既成グループに属さず反骨精神で」H氏賞受賞者高階杞一をはじめ、河津聖恵・吉沢巴・萩原健次郎・江嶋みおうと共に取り上げられる。七月、四條畷市・市制二〇周年記念に「四條畷市歌」披露。作詩／金堀則夫（補作・島田陽子）、作曲／キダ・タロー、歌／デューク・エイセス。十月、冨上芳秀「プロボ倶楽部」詩誌「アイアイ」（創刊〜九四年終刊）参加。
一九九一年（平成三年）
一月三十日、サンテレビ「クイズ！　おもしろ駅サイティング／四條畷編」放映、〝四條畷郷土史カルタ〟について語る。三月、大阪文学学校（校長・小野十三郎）通信部スクーリングで講義。四月、大阪文学学校、通信教育部専科チューター（前・後期のみ）。
一九九三年（平成五年）
十月、編著―ある少女たちの詩『続・続赤いチョーク』（交野が原発行所）刊行。「樹林」三三七特集・現代詩アンソロジー詩「ざんげ」発表。十二月、四條畷市立田原中学校新設（九一年）記念制作『郷土史カルタ〈田原の里〉』刊行（字札の句作成、絵札・きり絵生徒）。
一九九六年（平成八年）
六月、「第二〇回現代音楽作品の夕べ」詩「欝わ」（詩集『想空』より）歌曲（作曲・前田正博）豊中文化ローズホールで発表（テノール・大野一雄、ピアノ・中尾園乃）。
十二月、詩集『ひ・ひの鉢かづき姫―女子少年院哀歌』（彼方社）刊行。
一九九七年（平成九年）
一月、郷土史カルタ『大東のふるさと』（大東市立南郷中学校創立五〇周年記念制作）刊行（カルタの句作成。絵札・きり絵生徒）。五月、「交野が原」四二号特集『ひ・ひの鉢かづき姫』評・杉山平一・中村不二夫・和田英子・一色真理執筆。八月、「詩学」八月号詩「むしょ」発表。

一九九八年（平成十年）
四月、教育雑誌「中学教育」（小学館）四・五・十一月号〈写文館・詩と写真〉に詩作品発表。
二〇〇〇年（平成十二年）
三月、四條畷市・女性フォーラム「金子みすゞの世界展」児童・生徒の詩作品募集、審査員。五月、日本現代詩人会「岐阜・三重大会四日市ゼミナール〝新千年紀への発信〟」〈ちいさなスピーチ〝地域からの発信〟〉パネラー。
二〇〇一年（平成十三年）
七月、「交野が原」創刊二五周年記念・奥野祐子（「石の森」創刊〜〇四年一二三号まで）ライブ〜オリジナルソングのピアノ弾き語り（文化情報センターさいかくホール）。十一月、《金堀ホームページ・詩のとびらと郷土史カルタ〈カルタの句と解説・カルタウォーク〉》開設。
二〇〇二年（平成十四年）
四月、第一〜五回「ふるさと講座」。第六〜一〇回「ふるさと講座」（二〇〇三年）―四條畷・田原・大東・大阪府・寝屋川・交野（星田）のカルタウォーク。
二〇〇三年（平成十五年）
四月、「詩と思想」四月号〈新人特集〉「美濃千鶴さんの詩の魅力」執筆。九月、詩集『かななのほいさ』（土曜美術社出版販売／帯文・森田進）刊行。十月、「交野が原」五五号『かななのほいさ』評・美濃千鶴執筆。
二〇〇四年（平成十六年）
五月、「交野が原」五六号特集『かななのほいさ』評・中村不二夫・佐川亜紀・日高てる・よしかわつねこ・古賀博文・岡本勝人・福田万里子・溝口章・河内厚郎・吉沢孝史執筆。二十二日付朝日新聞夕刊・文化欄に詩「星の里」発表。三十日第一二回「二十一世紀日本歌曲の潮流」（東京オペラシティリサイタルホール）詩「欝わ」曲改訂初演（曲・前田正博、テノール・本田武久、ピアノ・高橋希代子）。七月十七日、ラジオ大阪「桂歌々志の歩けば道づれ」（四條畷・田原の里と郷土史カルタ）出演。九月、詩集『かななのほいさ』第一一回神戸ナビール文学賞（詩の部）受賞。（選評はひょうご芸術文化センター「なびーる」六三号記載)。
二〇〇五年(平成十七年)
六月、「石の森」の四方彩瑛が詩集『瓢瓢』(交野が原発行所)刊行(福田正夫賞候補)。九月、詩集『かななのほいさ』が第二回更科源蔵文学賞候補五冊に入る。十一月、四條畷市市制三五周年記念小・中学校の主張コンクール審査員。
二〇〇六年(平成十八年)
一月、「詩と思想」一・二月号「二〇〇五年現代日本の詩地域別年間総括―近畿」執筆。三月、「石の森」の美濃千鶴、「詩と思想」詩集評一年間担当。四月、「詩と思想」四月号〈新人特集〉「四方彩瑛・空白に問う自己存在」執筆。五月、「交野が原」六〇号田中国男「金堀則夫小論〈想空の結び目に立つ、星田の石づくり〉」執筆。十一月、「石の森」の山田春香・詩集『Simon』(交野が原発行所)。詩集『Simon』萩原朔太郎生誕一二〇年記念「前橋文学館賞奨励賞」受賞(福田正夫賞候補)。
二〇〇七年(平成十九年)
四月、「詩と思想」四月号〈新人特集〉「山田春香・詩門を敲く」執筆。十月、詩誌「はだしの街」(田中国男)第三六号から作品参加(現在五〇号〜)。十一月、「詩と思想」十一月号〈日本の詩人〉グラビア〝詩人の肖像〟写真。「金堀則夫」について「漂う石・眠る鉄」美濃千鶴執筆。スナップ写真六枚、一九七九年詩集『石の宴』出版記念会(小野十三郎、青木はるみ)、一九八四年アンソロジー『赤いチョーク』出版記念の集い、二〇〇四年「日本の詩祭」(木津川昭夫、佐野千穂子、渡辺めぐみ)、右原厖を偲ぶ会・全詩集出版記念会(倉橋健一、冨上芳秀、中塚鞠子、田中国男、西村博美、たかとう匡子、鈴木孝、長津功三良)、神戸ナビール文学賞授賞式(美濃千鶴、西岡彩乃)。二〇〇七年前橋文学館賞受賞者展(山田春香)。十二月、『交野・星田郷土史カルタ〈ほいさ〉』刊行。字札の句作成(二〇〇五年)。絵札の絵は「石の森」の大薮直美、上野彩。
二〇〇八年(平成二十年)
二月、第一八回日本詩人クラブ新人賞選考委員。七月一日から十五日ケーブルテレビ《街角トレジャーハンター交野市》「星田郷土史カルタの紹介」出演。
二〇〇九年（平成二十一年）
七月、詩集『神出来《かんでら》』（砂子屋書房）刊行。七月十六日付朝日新聞夕刊・文化欄「倉橋健一の詩集を読む」詩集『神出来』評・詩「金谷」・倉本修のイラスト掲載。二十日付京都新聞文芸欄「詩歌の本棚」新刊評・詩集『神出来』（河津聖恵）掲載。十月、「詩と思想」十月号〈特集・地名のついた詩〉に「詩集『神出来』と地名」執筆。「交野が原」六七号特集『神出来』評・谷内修三・海埜今日子・山田兼士・中西弘貴執筆。季刊「びーぐる」（澪標）創刊〈特集・詩の現在そして未来〉「小・中・高校生の詩と関わって」執筆。
二〇一〇年（平成二十二年）
九月、第一〇回中四国詩人会鳥取大会記念講演。演題「わたしの〈フォークロア〉―詩と郷土史カルタ」。詩集『神出来』）第一二回小野十三郎賞最終候補（選評は「樹林」秋号に記載）。十一月六日、日本詩人クラブ六〇周年記念「東京詩祭2010」・「東京詩祭賞」詩「わたし」受賞（『日本現代詩選』第三五集より他十篇受賞）。日本現代詩人会〝西日本ゼミナール・金沢〟詩「ひこばえ」朗読。シンポジウム『河内キリシタン〜ローマからはるか河内』（NPO法人摂河泉地域文化研究所）詩「土の啓示」朗読。
二〇一一年（平成二十三年）
六月、（社）日本詩人クラブ関西大会担当理事（〜十五年）。詩集『神出来』第五回更科源蔵文学賞候補。
二〇一二年（平成二十四年）
五月、（社）日本詩人クラブ第一八回関西大会開催（ホテルアウィーナ大阪）。十月、季刊「びーぐる」一七号〈杉山平一のこの一篇〉、「交野が原」五四号・詩集『青をめざして』より詩「原罪」を執筆。
二〇一三年（平成二十五年）
一月、「大阪春秋」一四九号特集「飯盛山城と戦国おおさか」詩「山城」発表。三月、季刊「びーぐる」一八号〈知ってほしい、埋もれた名詩〉井上俊夫詩集

『野にかかる虹』より詩「畦せせり」について執筆。九月、詩集『畦放《あはなち》』（思潮社）刊行。十二月、「大阪教育新潮」第一七一号「郷土風土記」執筆。「詩と思想」十二月号《地域からの発信―大阪・交野》「フィールドワークを詩的に追求する詩との発見」執筆。
二〇一四年（平成二十六年）
一月、『四條畷郷土史カルタ』三十五年ぶりに復刻版刊行（四條畷市・四條畷中学校）。カルタの句碑（立て札）市内五十基再建（四條畷市）。読み札の句編集（句の追加・加筆訂正）。絵札は水彩画からきり絵（生徒）。市教育委員会、小学三年生の郷土学習の副読本に〈四條畷郷土史カルタ〉を採録。二月、詩集『畦放』が第四七回日本詩人クラブ賞に決まる（選評は「詩界通信」第六六号）。三月二十五日付朝日新聞（東京版）夕刊に詩「土まつり」発表。四月、「交野が原」七六号特集『畦放』評・古賀博文・中西弘貴・吉田博哉・岡本勝人執筆。四月十二日、日本詩人クラブ三賞（日本詩人クラブ賞・同新人賞・同詩界賞）贈呈式（東京大学駒場キャンパス）クラブ賞受賞者紹介（倉橋健一）、お祝いのことば（「交野が原」の詩友から八木幹夫・岡本勝人）。五月、（社）日本詩人クラブ第一九回関西大会開催（ホテルアウィーナ大阪）。六月、「詩と思想」六月号特集「詩人賞、今年の顔」第四七回日本詩人クラブ賞・詩集『畦放』掲載。「現代詩手帖」六月号に詩「逢坂」発表。九月二十七日付東京新聞夕刊「詩歌への招待」に詩「悪水」発表。十月、「大阪春秋」一五六号・秋号〈おおさか詩苑①〉詩「かなの磐船」発表。次号から〈おおさか詩苑〉欄コーディネーター。

現住所
〒576―0016　大阪府交野市星田四丁目四番拾号

新・日本現代詩文庫 121 金堀《かなほり》則夫《のりお》詩集

発 行 二〇一五年三月三十日 初版
著 者 金堀則夫
装 幀 森本良成
発行者 高木祐子
発行所 土曜美術社出版販売
〒162-0813 東京都新宿区東五軒町三—一〇
電 話 〇三—五二二九—〇七三〇
FAX 〇三—五二二九—〇七三二
振 替 〇〇一六〇—九—七五六九〇九
印刷・製本 モリモト印刷
ISBN978-4-8120-2210-8 C0192

新・日本現代詩文庫

土曜美術社出版販売

- ⑩⑨ 郷原宏詩集　解説　荒川洋治
- ⑪⓪ 永井ますみ詩集　解説　有馬敲・石橋美紀
- ⑪① 阿部堅磐詩集　解説　里中智沙・中村不二夫
- ⑪② 新編石原武詩集　解説　秋谷豊・中村不二夫
- ⑪③ 長島三芳詩集　解説　平林敏彦・禿慶子
- ⑪④ 柏木恵美子詩集　解説　高山利三郎・比留間一成
- ⑪⑤ 近江正人詩集　解説　高橋英司・万里小路譲
- ⑪⑥ 名古きよえ詩集　解説　中原道夫・中村不二夫
- ⑪⑦ 新編石川逸子詩集　解説　小松弘愛・佐川亜紀
- ⑪⑧ 佐藤真里子詩集　解説　小笠原茂介
- ⑪⑨ 河井洋詩集　解説　古賀博文・永井ますみ
- ⑫⓪ 戸井みちお詩集　解説　高田太郎・野澤俊雄
- ⑫① 金堀則夫詩集　解説　小野十三郎・倉橋健一
- ⑫② 三好豊一郎詩集　解説　宮崎真素美・原田道子

〈以下続刊〉

- 古屋久昭詩集　解説　北畑光男・中村不二夫
- 葵生川玲詩集　解説　〈未定〉

- ① 中原道夫詩集
- ② 坂本明子詩集
- ③ 高橋英司詩集
- ④ 前原正治詩集
- ⑤ 三田洋詩集
- ⑥ 本多寿詩集
- ⑦ 小島禄琅詩集
- ⑧ 新編菊田守詩集
- ⑨ 出海溪也詩集
- ⑩ 柴崎聰詩集
- ⑪ 相馬大詩集
- ⑫ 桜井哲夫詩集
- ⑬ 新編島田陽子詩集
- ⑭ 新編真壁仁詩集
- ⑮ 南邦和詩集
- ⑯ 星雅彦詩集
- ⑰ 井之川巨詩集
- ⑱ 新々木島始詩集
- ⑲ 小川アンナ詩集
- ⑳ 新編井口克己詩集
- ㉑ 新編滝口雅子詩集
- ㉒ 谷　敬詩集
- ㉓ 福井久子詩集
- ㉔ 森ちふく詩集
- ㉕ しま・ようこ詩集
- ㉖ 腰原哲朗詩集
- ㉗ 金光洋一郎詩集
- ㉘ 松田幸雄詩集
- ㉙ 谷口謙詩集
- ㉚ 和田文雄詩集
- ㉛ 新編高田敏子詩集
- ㉜ 皆木信昭詩集
- ㉝ 千葉龍詩集
- ㉞ 新編佐久間隆史詩集
- ㉟ 長津功三良詩集
- ㊱ 鈴木亨詩集
- ㊲ 埋田昇二詩集
- ㊳ 川村慶子詩集
- ㊴ 新編大井康暢詩集
- ㊵ 米田栄作詩集
- ㊶ 池田瑛子詩集
- ㊷ 遠藤恒吉詩集
- ㊸ 五喜田正巳詩集
- ㊹ 森常治詩集
- ㊺ 和田英子詩集
- ㊻ 伊勢田史郎詩集
- ㊼ 鈴木満詩集
- ㊽ 曽根ヨシ詩集
- ㊾ 成田敦詩集
- ㊿ ワシオ・トシヒコ詩集
- (51) 高田太郎詩集
- (52) 大塚欽一詩集
- (53) 香川紘子詩集
- (54) 井元霧彦詩集
- (55) 高橋次夫詩集
- (56) 上手宰詩集
- (57) 網谷厚子詩集
- (58) 門田照子詩集
- (59) 水野ひかる詩集
- (60) 丸本明子詩集
- (61) 村永美和子詩集
- (62) 藤坂信子詩集
- (63) 門林岩雄詩集
- (64) 新編原民喜詩集
- (65) 新編濱口國雄詩集
- (66) 日塔聰詩集
- (67) 武田弘子詩集
- (68) 大石規子詩集
- (69) 吉川仁詩集
- (70) 尾世川正明詩集
- (71) 岡隆夫詩集
- (72) 野仲美弥子詩集
- (73) 葛西洌詩集
- (74) 只松千恵子詩集
- (75) 鈴木哲雄詩集
- (76) 桜井さざえ詩集
- (77) 森野満之詩集
- (78) 坂本つや子詩集
- (79) 川原よしひさ詩集
- (80) 前田新詩集
- (81) 石黒忠詩集
- (82) 壺阪輝代詩集
- (83) 若山紀子詩集
- (84) 香山雅代詩集
- (85) 古田豊治詩集
- (86) 福原恒雄詩集
- (87) 黛元男詩集
- (88) 山下静男詩集
- (89) 赤松徳治詩集
- (90) 梶原禮之詩集
- (91) 前川幸雄詩集
- (92) なべくらますみ詩集
- (93) 津金充詩集
- (94) 中村泰三詩集
- (95) 和田攻詩集
- (93) 藤井雅人詩集
- (97) 馬場晴世詩集
- (98) 鈴木孝詩集
- (99) 久宗睦子詩集
- (100) 水野るり子詩集
- (101) 岡三沙子詩集
- (102) 星野元一詩集
- (103) 清水茂詩集
- (104) 山本美代子詩集
- (105) 武西良和詩集
- (106) 竹川弘太郎詩集
- (107) 酒井力詩集
- (108) 一色真理詩集

◆定価（本体1400円＋税）